光文社文庫

文庫書下ろし

葬る

上野　歩

光　文　社

目次

プロローグ

二〇二三年（令和五）秋。

移動性高気圧がもたらす晴れ渡った空が広がっている。相模湾は穏やかだった。その静かな海を、切り裂くような航跡を曳きながら船が進んでいく。水しぶきが輝くようだ。最大搭載人員十名。全長三十フィートの白い船の名前は、〝ゆかり〟。今の仕事をしているのは、いや、一件一件の依頼を受けることすべてが縁によるものだと考えている。その縁を、ゆかりと読んで船名にした。すべてが縁――四十五歳になった麻衣はつくづくそう思う。

江の島を背にゆかりを走らせていた麻衣は、烏帽子岩を回り込むように舵を切ると沖へと向かう。今日は、四名の施主を乗せていた。

烏帽子岩は、こうして目の当たりにすると山のように大きい。下に広がる岩礁には、釣り人たちの姿が小さく見える。茅ヶ崎港から渡し船が運航されているのだ。

麻衣は、船の速度をさらに上げた。沖へ。沖へ。海の色は、緑から透明度の高い青へと変わる。

イルカの群れと出会った。それまで、黙って海を見つめていたキャビンにいる人々から声が上がる。イルカの一頭が群れから離れ、船のあとをついてきた。時には並走するように、いつまでもついてくる。

二キロほどの沖合にゆかりを停泊させた。イルカは、いつの間にか姿を消している。

麻衣は操舵(そうだ)席を離れ、キャビンにいる人々をデッキへと導く。そして喪主に、故人の遺骨の入った袋を渡す。喪主は老齢の女性で、散骨を息子らしい中年男性に託した。船縁(ふなべり)から身を乗り出し、なるべく海面近くで撒(ま)く必要があるからだ。パウダー状になった遺骨は、風に運ばれてしまう。

故人は、女性の夫であり、男性の父親だ。男性の妻らしい中年女性と中学生くらいの少女が乗船していた。

麻衣は号鐘(マリンベル)を鳴らす。霧中の衝突防止のために鳴らす鐘だが、こうしてセレモニーにも使っている。鐘の音が、静かな洋上に響き渡った。それを合図に海に撒かれた遺骨は、花が開くように広がる。お骨の白さが、こんなに青かったんだと海の色を改めて意識させる。遺族はそこに、白い百合(ゆり)の花を手向ける。あるだけの百合の花びらを海へ投じた。そして、合掌する。

麻衣は、デッキにあるアフトステーションの舵輪を操作し、船を旋回させた。遺骨が消え、花びらだけが漂う周りを、何度もゆかりを走らせる。人々の思いが確かに満ちるまで、何周も何周も。

第一章　墓地バブル

1

二〇〇三年（平成十五）八月半ば。

「なにしろね、やっと当たったのさ！」

豊川という五十代の男性が、満面の笑みを浮かべる。

彼が引き当てたのは宝くじではない。いや、当選確率としては宝くじに引けを取らないかもだ。なにしろ公営霊園の抽選には、十年応募し続けても当たらない人がいるのだから。

生前に申し込める人気の霊園では競争倍率が二十倍、三十倍に跳ね上がる。

受験戦争、出世競争を生き抜いた先に待っているのが墓地争奪戦とは……と、浜尾麻衣は同情を寄せる。

そして改めて思う。目の前にいるこの豊川は、その墓地争奪戦の勝者なのだと。

「幕末の志士や明治維新の中心人物までが眠る霊園だからね。もう大河ドラマの世界だよ。歴史上の偉人たちと、そう、いわば墓友になれるわけ」

豊川が浮き浮きした口ぶりで言う。

ひと月遅れの盂蘭盆が明けたばかりだった。十年ぶりの冷夏で雨続きではあるが、今日は晴れて蒸し暑い。だが、古いとはいえ応接室のエアコンは機能していた。それなのに、ソファの向かいに座ったスーツ姿の豊川は執拗に扇子をぱたぱたさせている。扇子を持つ左手首の高級腕時計が揺れていた。念願の墓地を手に入れた高揚感が、扇子の風を自らに送らせるのだろう。

興奮冷めやらぬ表情でいた彼が、改めてこちらを見た。というより、彼が視線を注ぐのは、麻衣の隣に座っている父の隆一だ。

「やっと念願かなって都立霊園に入れるんだ。墓石のほうは、ぜひとも石浜さんにお願いしたいんですよ」

ごま塩頭を短く刈った隆一が、「しかし」と口を開く。「わざわざ腰越まで足を運ばなくても、東京にいくらだっていい石屋があるでしょうに」

それを聞いて、思わず麻衣は父親の横顔を見てしまう。隆一は、ネクタイなしの白い半袖シャツ姿だ。

——お父さんはもう、なんで自分から依頼を断るようなこと言うの？

だが、麻衣の心配を払拭したのは、続く豊川の言葉である。

「いやいや」と彼は扇子を持っていないほうの右手を顔の前で横に振っていた。「海外で切り出した石を中国で加工して輸入し、それを国産の最高級の石だなんて謳ってるようなところには間違っても頼みたくない。なにしろ、素人のこちらには石のよし悪しなんざ判断がつかんのだから。その点、石浜さんの仕事が良心的だというのは、取引先の社長から聞いて織り込み済みです」

「墓地を購入する」「お墓を買う」とよくいうが、墓地は宅地のように所有権を買い取ることはできない。一般的な墓地では、「お墓を買う」とは、墓地として代々使用するための権利——永代使用権を得たことを意味する。そして、公営霊園の永代使用料は安いイメージがあるが、都立霊園は例外だ。面積にもよるが、五百万円以上、中には一千万円といった使用料の墓地もある。

麻衣の目の前にいる、いかにも成功した中小企業の経営者といった感じの豊川が永代使用権を得た都立霊園の使用料はべらぼうだ。であれば、そこに建立する墓石だってそれなりのものを、と考えているはずなのだ。

「なにかご希望などはあるのでしょうか？」

と、麻衣はすかさず訊（き）く。

「さっきの取引先の社長ね、彼も、お宅に依頼して大満足だった、と。それで、えーと、彼が言ってたのはなんだったかな、高級な石で……」

「庵治石（あじいし）ですか」

と隆一が言葉を継ぐ。

「あ！　それだ、それ！」

――出た！　麻衣は心の中で快哉を叫ぶ。

庵治石は、香川県の五剣山（ごけんざん）のふもとから産出される花崗岩（かこうがん）で、風化に強い。なによりその特徴は、斑（ふ）が浮くことである。表面に現れる、石目（いしめ）の濃淡の美しさだ。

「ぜひとも、その庵治石で墓石をつくりたいんです。なにしろ一生に一度、いや、後世に残す買い物なんだしね」

豊川が黒い渋紙（しぶがみ）の扇子をぱしっと音立てて畳むと、両手を膝（ひざ）の上に置き深々と頭を下げた。……と思ったら、素早くその頭を上げる。

「タワーマンションに若い愛人を囲う、なんざ古い古い。今や墓だよ、墓！」

と勢い込んだ。そのあとで、今度は麻衣のほうを見て、「こりゃ、失礼」と照れ笑いを浮かべた。二十五歳の若い女性である麻衣は、つくり笑いを返す。なにしろ上客だ。

彼が麻衣を見たままで話し続ける。

「地方から出てきた者にとって、東京に墓を持つなんて憧れでしかない。故郷に錦を飾るという言葉があるけど、それ以上だ。そもそも農家の三男坊である私には、故郷に入れる墓がない。自分が入る墓を、東京で自分で用意する。その墓は、子々孫々まで受け継がれるんだ。まさに東京に根を下ろすってことじゃないか。これぞ、自分が東京の人間になったという証だ」

彼が、今度は隆一と麻衣を交互に眺めた。

「まあ、あなた方のような都会の人には理解できないでしょうけど」

鎌倉市の西端、漁港に近いこの町を都会と捉えるかどうかは微妙なところではあるのだが……。

隆一と並んで、石浜の駐車場を出る豊川の車を見送る。下げていた頭を上げた麻衣は、「大きな仕事になったね」と伝えた。

しかし隆一は、「どんな仕事であれ、施主さんの思いを汲むだけだ」と静かに応えるだけだった。

それはそうだよ！　と麻衣は声に出さずに反発する。だけど、お父さんのその正論は脇の甘さでもあるんだからね！

麻衣は、隆一と一緒に事務所に戻る気にならず、敷地内にある建屋（たてや）に向かう。幅十メートル、奥行き五十メートル、天井に二トンのホイストクレーンが設置されたガラス張りのこの建屋は展示場だ。縦型の墓石が三十基、横型の墓石が十基展示されている。奥は工房で、切削機（せっさくき）や研磨機（けんまき）が並んでいた。展示場側の出入り口はガラスドアだが、工房側はシャッターだ。広い建屋内にはエアコンがなく、工房のシャッターは開け放たれている。

薄いグレーの作業着姿の緒方（おがた）が、サンドブラストのメンテナンスをしていた。サンドブラストはコンプレッサーで空気を圧縮し、砂の粒子を石の表面に吹きつけて文字や模様を彫りつける加工機だ。

「どうだった麻衣？」緒方が訊いてくる。「駐車場に停まってたの、高級車だったよな？」

「ぜひとも、庵治石で墓石をつくるのをうちに任せたいそうです」

「いい話じゃない」

と緒方が応じる。

「ガタさんもそう思うでしょ」

「しかし、社長は相変わらずなわけだ」

麻衣は頷（うなず）いた。庭の石灯籠（いしどうろう）やベンチ、モニュメントなども扱うが、有限会社石浜のメインは墓石である。墓石を求めて石浜を訪ねる人を〝施主さん〟と呼ぶ。葬式や法事を営む当主も同じだ。お客ではなく、あくまでも施主。そう呼ぶのはいい。しかし、やはり墓石を加工して売るのはビジネスではないか、と麻衣は思うのだ。

だが、隆一の考えは違う。その下に故人が眠る墓石を扱う仕事を、隆一は商売と考えていない。だから、「東京にいくらだっていい石屋があるでしょうに」などと言ってビジネスチャンスを自ら手放す発言をするのだ。そんなだから、辞めていった従業員らに付き合いのあったお寺を持ち逃げされたんじゃないか！

寺の檀家を紹介されて、石屋は成り立っている。その際のキックバックを多くすると言って、新たな関係を築いたのだ。もちろん、長年の石浜とのかかわりを重視してくれた寺も多い。でも……。

「あたしはべつに高く吹っ掛けようなんて考えてません。でも、もっとうちの加工技術と、石を見立てる目を前面に押し出して交渉してもいいんじゃないかって」

技術というなら、ここにいる緒方は地蔵も彫るし、本来なら専門の彫刻師が行う狛犬なんかも仕上げてしまう。

「庵治石か」

ふと緒方がもらす。年齢は、隆一よりも三つ下の五十歳。隆一がいかにも職人的な風貌なのに対し、白髪交じりのロン毛を後ろでひとつに結んだ緒方はどこか芸術家とでもいったたたずまいだ。無精ひげもさまになっている。高校を出ると石浜で働き始め、以来ずっと隆一のよき相棒である。

「百八十センチの墓石で、五百万〜七百万ってところだな」

墓石は、〔〇〇家之墓〕や〔〇〇家先祖代々之墓〕などの文字が刻まれた一番上に載っている棹石（さおいし）、その下の上台（じょうだい）、その下にある中台（ちゅうだい）、その下の芝台（しばだい）からなる。緒方の言う「百八十センチ」は、これらの全長だ。

再び緒方がひとり呟（つぶや）く。

「庵治石はすっかりブランド化しているが、値段相応にいい石だ。きめ細かくて、磨けば磨くほど艶を増す。女の肌みたいにな」そこまで口にして、「おっと失礼したな」と笑った。

まったくオジサンはセクハラ発言が多い。呆（あき）れながらも麻衣は、以前から訊いてみたかった質問をする。

「ガタさんは、どうして石屋の職人になったんです？」

「なんだ急に」と言いながらも、答えに迷いはなかった。「子どもの頃から、墓場が好きだったからさ。あの湿度が感じられる空気や雰囲気が」

意外な回答だった。

「今でも掃苔が趣味なんだ」

掃苔——墓の苔をきれいに取り去ること。転じて、墓参りを指す。石屋の娘であり、墓石のセールスを行うからこそ知っている言葉で、一般の人にはあまり馴染みはないかもしれない。

「べつに親戚の墓参りのことを言ってるんじゃないぞ。あちこちの墓地をぶらりと訪ね歩くのさ。今日は雑司ケ谷霊園に行ってみようか、なんてさ。旧豊多摩監獄が〝刑務所の東大〟といわれたくらいインテリ思想犯が多く収監されていたように、霊園にも特色がある。たとえば多磨霊園は、東郷平八郎や山本五十六をはじめ軍人が多いんだ」

さすが、庵治石を女性の肌に例えるだけはある。この人は生粋の墓ヲタクらしい。

「陽に灼けた墓石の間を歩いていて角を曲がると、ふと死者たちの影と出会う」

「ほんとですか?」

緒方が厳かに頷く。

麻衣は背中がぞわりとした。自分は幽霊など信じない。死んだら、無になるだけだと思っている。それでも……。

「死者は無言で、さまざまなことを語りかけてくる」

「無言で……語りかけてくるんですか？」

　緒方が再び頷いた。

「たとえば、三鷹の禅林寺を訪ねたとする。この寺には、森鷗外と太宰治の墓がある。鷗外の墓があるのを知った太宰が、〝ここの墓地は清潔で、鷗外の文章の片影がある。私の汚い骨も、こんな小綺麗な墓地の片隅に埋められたら、死後の救いがあるかも知れない〟とごく短い小説に書いている。その気持ちを汲んだ夫人が、鷗外の墓の斜め前に葬ったそうだ。太宰の墓にはペンネームの〈太宰治〉の文字が刻まれている。一方、鷗外の墓は〈森林太郎墓〉だ。これは〝墓ハ森林太郎墓ノ外一字モホル可ラス〟という遺書による。〝余ハ石見人森林太郎トシテ死セント欲ス〟――鷗外は栄誉や称号をいっさい捨てて、この世とおさらばしたかったんだな。この遺書には、ナンシー・ウッドによるプエブロ・インディアンの口誦の詩のテイストがある。〝今日は死ぬのにとてもいい日だ〟という明るい充ち足りた大地への帰還が」

　すっかり煙に巻かれてしまった麻衣に、さらに緒方が問う。

「ところで、太宰治と松本清張が同じ年の生まれだって知ってるか？」

「えっ、意外！　だって、太宰って着物着てる人ですよね。松本清張さんは、亡くなって十年くらい経つんでしたっけ？　今でもテレビの二時間ミステリーで小説がドラマ化されてますよ」

「意外に感じるのは、ふたりの活躍した年代が異なるからなんだ。太宰が三十八歳で死んだ時、清張は一作の小説も発表していない」

「なるほど」

「そして、同じ年に生を受けた、まったくタイプの違うふたりの小説家の点と線を結ぶのが鷗外なのさ。太宰の死から五年後、清張は『或る「小倉日記」伝』で、太宰が欲してやまなかった芥川賞を受賞する。その作品こそ、鷗外が軍医として小倉に赴任していた当時の日記の行方を、身体の不自由な青年が探し求める物語なんだ」

麻衣は、いつの間にか緒方の話に聞き入っていた。

「今、禅林寺を訪ねると、文豪と称された鷗外の墓の前には、なんの供物もない。しかし、鷗外に憧れ同じ墓地に眠る太宰の墓前には、酒やタバコ、花などの供え物が引きも切らない」

じっと耳を傾けている麻衣を眺め、緒方が我が意を得たりとばかりに小さく笑みを浮かべる。

「墓地をぶらぶら歩いてるとな、死者たちはいろいろなことを語りかけてくるのさ。無言でな」

緒方が今度は工房から、展示場に並ぶ墓石のほうを見渡した。

「確かにまだ太陽は照りつけている。だが、八月という月は、春や夏という陽の季節から秋や冬という陰の季節へ移り変わる月だ。生者と精霊が出会う、この世とあの世をつなぐ月なのかもしれんな」

この世とあの世……と麻衣は思う。

その晩、夕食を終えた麻衣は、山芋とオクラの酢の物を肴（さかな）にコップ酒を飲んでいる隆一に告げた。

「ねえお父さん、この前話した由比ケ浜（ゆいがはま）霊園の件だけど」

そう話しかけても隆一は無言だ。

だから麻衣は強く告げる。

「あたし、進めるからね！」

キッチンにいる母が、何事だろう？　と、こちらを振り返る。

現在、ちょっとした墓地バブルの渦中にあった。団塊の世代がそろそろ定年を迎え、生前墓の需要が高まっているのである。今日、石浜を訪れた豊川がそうだったように。

麻衣は、寺からの檀家紹介を待つだけでなく、鎌倉市内に新たにオープンした民間霊園、由比ヶ浜霊園に詰めて、墓地見学に来た人たちに営業をかけたいと提案した。だが隆一は、いい顔をしないのだ。

「待ってるだけじゃだめなんだから！」

麻衣は食卓から立ち上がった。

やはり隆一は無言のまま酒を飲んでいる。

麻衣は、むっとしてダイニングキッチンを飛び出した。廊下を通り、事務所を抜けて外に出た。

日中はうだるようだったが、海が近いせいか陽が落ちるとほんの少し過ごしやすい。もっとも、部屋で眠るにはエアコンが必要だ。

空を見上げると、星が散らばっていた。八月でも星がよく見えるのは、これも海が近いせいだ。

明かりのついていない事務所に目を向ける。子ども時代から、家に出入りするには事務所を通り抜けなければならなかった。クレーンの付いた二トン車と三トン車がある駐車場には、運動施設や公園にあるようなモニュメントが置かれている。他抜喜（たぬき）という字が当てられる狸（たぬき）の大きな石像は縁起物である。蹲（つくばい）や灯籠（とうろう）などは、植木屋さんが覗（のぞ）きにきて、「欲しい」と言われることがある。大きいものだと鳥居も扱う。だが、やはり石屋は墓石を売ってこそ成り立つ。

　石浜は、これまで十寺と取引があった。そのうちの半分を持っていかれてしまったのだ。それなのに、隆一はあまりにも無為無策ではないか。「どんな仕事であれ、施主さんの思いを汲むだけだ」と口にしながら、ただ待っているのは誠意に名を借りてなんの手も尽くしていないのと同じだ。

「どうしたの麻衣ちゃん？」

　振り返ると、曜子（ようこ）が立っていた。フチなし眼鏡のレンズ越しに、こちらをじっと見つめている。

「お母さん……」

「お父さんには、考えがあるのよ」

「そうかな」悶々（もんもん）としていた麻衣は、「お父さん、お寺を横取りされて、やる気がなくなったんじゃないかな」そんなことを言ってしまう。

「お父さんは、誰よりも石浜を大事に思っている」

　曜子が断言した。母は、石浜の経理を担っている。

「経営者という立場から大事に思ってくれてるといいんだけど」

　麻衣は口を尖（とが）らす。

すると曜子に、「うちの仕事に一生懸命なのは嬉(うれ)しいけど、少しむきになりすぎてない？」とたしなめられた。

むきに……あたしは、まだトオルのことを気にしてるんだろうか？　卒業後は墓石の営業をすると伝えたら、付き合っていた同級生にフラれてしまった。だが、もう三年前のことじゃないか。

麻衣は、早くも秋の虫の声が聞こえ始めた広い駐車場に目をやった。薄闇の中に、さまざまな石のモニュメントがひっそりとたたずんでいる。隅には沓石(くついし)や踏み石の素材が積み上げられていた。そして、明かりの消えたガラス張りの向こうの展示場には、何基もの墓石が並んでいる。石屋は、周囲で見かける職業ではなく、不思議な世界だと思っていた。そう、昼間の緒方の言葉ではないが、この世とあの世をつなぐ風景のようにも感じたものだ。そして、いつしか自然と家業を継ぐのだという意識も芽生えていた。もちろん、母のあの言葉もあった。

「ねえ」麻衣は並んで立っている曜子に向かって問いかける。「お母さんは、今も石屋が〝普通に仕事をしていけば大丈夫な仕事〟って考えてる？」

「なに、それ？」

「あたしが中学くらいの頃だったかな、〝普通に仕事をしていけば大丈夫な仕事だから、うちを継ぎなさい〟って」

「そんなこと言ったかしら？」

母は覚えていないようだ。

「今でもそう思ってる？」

「さあ」と曜子がほんの少しだけ首を傾けてから、「でも、お寺とお墓がなくなるなんて考えられないでしょ」と言った。

そこで曜子がにっと笑う。

「せっかくわたしに似て目がぱっちりしてるんだから、もっとオシャレしたら」

まあ、お父さんに似なくてよかったとは思っている。麻衣は、母の眼鏡の向こうのくりっとした目を見つめ返した。

「商売柄、化粧は控えめにしてるの」

とだけ言っておく。

2

麻衣は、由比ヶ浜霊園にプレハブ小屋を建て、〔墓地好評分譲中〕の旗を掲げた。そうして、墓地見学の人たちに営業する。この霊園の売りは、三階建ての立体墓地である。

　場所柄、呼び込みなどは行わない。それでも、立ち寄ってパンフレットを手にしてくれたり、問い合わせをしてくれる人がいる。相手が永代使用権を得た区画を聞いて、「あそこは陽当たりがいいですね！」などと言いつつ、自社のPRをする。旗の文句は〔墓地好評分譲中〕だが、売っているのは墓石である。しかし、〔墓石好評販売中〕という旗では、いかにも不謹慎な感じになる。墓石って、本当に売りにくい。それでも、ひとつでも売れれば充実感でいっぱいだ。

　ここ由比ヶ浜霊園では、石材店のプレハブ小屋がいくつも出ている。資本力のある大手の集客力には悲しいかな勝てない。テレビでコマーシャルを流している石材店のプレハブは大きくて、セールススタッフもたくさんいる。霊園を訪れた人たちの大半はそちらに行ってしまうのだ。

　由比ヶ浜霊園には、営業用のミニバンで向かう。朝、事務所を出ようとすると、隆一に呼び止められた。

「三時に、墓石を頼みたいという方が訪ねてくる。おまえも同席してくれ」

　客はふたりだった。年配の男性と女性で、夫婦かと思ったら兄妹（きょうだい）だった。

「今日は、妹の墓をお願いしたいと考え、伺ったのです」

佐和田と名乗った男性がそう切り出す。白髪を七三に撫でつけていた。七十代半ばくらいだろうか。それでも話し方のトーンが明快で力強く、若々しい。

「生前墓は、寿陵といって縁起がいいんですよ」すかさず麻衣がセールストークする。「〝寿〟は、いわい、よろこびの意味ですよね。〝陵〟は墓。まさにおめでたいお墓で、長寿を招くといわれています」

すると、ふたりが曖昧な笑みを浮かべた。なにか悪いこと言っちゃったかな……と麻衣はうろたえる。

「その節は、石浜さんに大変お世話になりました」

佐和田が言って、隆一に向けて頭を下げた。佐和田の隣にいる妹の道代もお辞儀している。なんだお父さんの知り合いなのね、と麻衣は拍子抜けした。道代は、豊かな銀髪が美しい、細身で可憐な人だった。

佐和田が、十年前のことを振り返って話すところによるとこうだ。東京の下町にある寺から、彼の両親が眠る墓を鎌倉の寺に移そうと考えた。鎌倉市内に家のある佐和田は、墓参りするのにも片道二時間以上かかっていたのだ。

寺の墓地の永代使用権を返上すると、使用料が戻るどころか離檀料が発生する。墓をしまうというのは、寺の檀家でなくなることだ。離檀料は、寺の檀家をやめる時に求められるお布施のようなものである。口が悪い言い方をするなら〝手切れ金〟だ。

この離檀料は、寺側の言い値になる。古くから続く寺の慣例で、その家の経済状況に応じて金額を提示してくるのだ。

「どうやって調べるのか、〝佐和田さんの鎌倉のお住まいは、広くていらっしゃる〟などと寺の住職が言うんですよ」

当時の台詞（せりふ）を思い出した彼が、苦笑いする。

墓じまいは、寺にとっては損失だ。檀家には、春と秋の彼岸、夏のお盆、あるいはそれ以外にも、卒塔婆（そとば）代や本堂の修繕といった名目で付け届けを要求する。寺にしてみれば、これを失うわけだから、手切れ金はがっちり欲しい。高い離檀料に尻込みして墓じまいを諦めてくれたなら、付け届けという長期安定収入が保証されるわけだ。

「墓じまいなどというのは、先祖の霊を粗末にする行為！　祟（たた）られますぞ！」などと脅迫まがいの台詞を吐く悪僧もいるらしい。

佐和田のかつての菩提寺は脅し文句こそなかったものの、送られてきた請求書を見てびっくりした。法外な離檀料に加え、墓石撤去料もかなりの高額だ。墓じまいの場合は、墓石を撤去して更地にした土地を寺側に返すのが原則。とはいえ、寺が指定した石材店が見積もった墓石撤去料はかなり水増しされているようだ。

「そこで、石浜さんに相談したのです。石浜さんは現地に赴いて、墓石の大きさや墓地の立地などを詳しく調査し、妥当な見積書を作成してくださいました」

お父さん、そんなことをしたんだ。

「離檀料についても、うちの墓には両親しか入っていないわけで、そのあたりをお寺に交渉してくださったんです」

お父さんのことだから、お墓の納骨室（カロート）を見て骨壺（こつつぼ）が二柱なのをきちんと確認しているはずだ。離檀料は寺が決めるとはいえ、その計算の根拠は骨壺の数であるわけだから。

お墓の引っ越しを改葬という。改葬後の鎌倉の霊園で墓石の施主になる相手とはいえ、隆一はよくもまあ、そのように厄介な交渉役を務めたものだ。麻衣は呆れたり感心したりである。

「おかげさまで、当初の請求書の六割ほどの離檀料で済みました」

と改めて佐和田が隆一に頭を下げる。

「石浜さんには鎌倉で新しい墓を建立していただいたので、仕事が確かなのは分かっています。それで、妹の墓もぜひにとお願いに伺った次第です」

佐和田の隣に座っている道代は、自分の墓のはずなのに特になにも言葉を差し挟むつもりはないらしい。にこにこしながら、黙って座っている。兄を信頼して任せきっているようだ。

「ところで、墓石を他県まで運んでいただくことは可能でしょうか？」

佐和田の質問に、隆一が問い返した。

「どちらまででしょう？」

「信濃大町(しなのおおまち)です。妹のたっての希望で、北アルプスを望む墓地を選んだので」

そこまで言って、佐和田が道代に優しげな視線を送る。道代がひっそりと頷いた。

「もちろん、長野までお運びしましょう」

隆一が即答した。

「ありがとう」佐和田が礼を伝えてから、なおも続ける。「私はなにより、石浜さんのお人柄に全幅の信頼を寄せています。妹の墓も、ぜひとも石浜さん、あなたにお願いしたかった」

なにを言われても、隆一は表情を変えなかった。その横顔を見ながら、麻衣は母が口にした「お父さんには、考えがあるのよ」という言葉を思い出している。しかし隆一には営業戦略などないのだ。ひたすら律儀に施主と接すること。そして、これまで行ってきた仕事そのものが、新たな施主を呼んでいる。よい仕事こそが営業マン——麻衣は自分の浅はかさに気づく。

道代と佐和田を見送ったあと、麻衣は父に言ってみる。

「〝わざわざ腰越から運ばなくても、長野にいくらだっていい石屋があるでしょうに〟とは言わないんだね」

隆一は黙っていた。

「相手を見るってこと？　成り上がりの社長には〝東京にいくらだっていい石屋がある〟って言ったけど、今日の施主さんの希望はかなえたいと思った？」

「相手を見たりはしない。どの施主さんの希望も、一生懸命にかなえたいと思う。だから、豊川さんの仕事も引き受けたんだ。それに成り上がりは、決して悪いことではない。額に汗して働き、手にした地位だ」

まったく面白みのない親父だ。麻衣はため息をつくと、改めて石浜の駐車場を眺める。子どもの頃から慣れ親しんできた風景だ。この世とあの世をつなぐ風景。

「ねえ、死んだらどうなると思う？」

いささか唐突かもしれないが隆一に尋ねてみた。この父親から面白い言葉を引き出したかった。

「おまえはどう思うんだ？」

「そう思っているなら訊かなくてもいいだろう」

まったくもう、話にならないじゃないか。

「お父さんの考えが聞きたいの」

「死んだら、また生まれ変わるさ」

麻衣はさらに尋ねる。

「なにに生まれ変わるの？」

「なにって、人間さ。それで、またこの仕事をしてるんじゃないのか」

なるほど。……って、そんなものかな？

「お父さんは、この仕事をしていて充実感を味わう時っていつ？」

すると間髪容れずに隆一が返した。

「お墓を建立した時に、施主さんが〝いいものができた〟と満足してくれた時が一番嬉しいよな。〝ありがとう〟という言葉をかけてもらってな」

隆一がこちらに顔を向ける。

「それ以外になにがある？」

麻衣も頷き返した。

「そうだよね」

3

翌年の二〇〇四年（平成十六）六月初旬。ひとりの男性が石浜を訪ねてきた。

「あら、佐和田さん」

「やあ、これは麻衣さん。昨年は信濃大町までご足労いただき、ありがとうございました」

秋に、緒方とともに依頼のあった墓を、クレーン車で運んだのだった。墓を建立した市営霊園からは、大自然のパノラマが望めた。尖った峰と、ごつごつした表面が雪に覆われた山々の連なりが迫ってくるようだった。白いヘルメットにグレーの作業着姿の麻衣は、圧倒されたようにその景観を眺めていた。

「素晴らしい景色でした」と、改めて感想を伝える。「後立山(うしろたてやま)連峰というそうですね。あたし、詳しくないのですが」

あの日、霊園に向かうクレーン車のハンドルを握りながら緒方がそう教えてくれたのだ。

目の前の佐和田が、こくりと頷く。

「後立山とは、立山の方面——つまり富山県側から見て後ろにそびえる山々になります。立山のほうが、山岳信仰で早くから拓かれていたのを意味しているんですな。修験者が登ったりしてね。それに比べて後立山連峰は宗教的なにおいとは無縁なんです。だからというわけでもないんですが、若い頃に私も仲間と一緒に踏破を試みました」そこまでしゃべってから、はっと気づいたように、「いや失礼」と佐和田が言う。「今日は、石浜さんは？」

「相すみません、父は外出しております」

佐和田がひどくがっかりしたような表情を浮かべる。

「そうですか」

彼の表情を見て、麻衣は申し訳ないような気になった。

父の不在を知って、本当のところ佐和田はすぐに帰ろうとしたのだと思う。だが、それもあまりに素っ気ないと感じたのかもしれない。「信濃大町の公営霊園に一緒に来ていただいた、あの芸術家風の職人さんはお元気？」と、とりあえずの質問を寄越す。

「緒方ですね。実はお墓の建立があって、父とふたりで出かけているんです」

曜子も銀行まわりに出かけていて、事務所にいるのは麻衣ひとりだった。今日は留守番役なのだ。

「あの、ご用があれば、あたしが伺いますが」

「こうして伺ったのは、道代を埋葬したことをお伝えしたかったからです」

「まあ」

ひどく驚いてしまう。墓の建立の時には、道代も来ていて、「これでいつ逝っても大丈夫ね」と冗談交じりに笑っていたのに……。

「亡くなったのは四月です。四十九日の法要を済ませたばかりで」

「お悔やみ申し上げます」

麻衣は深々とお辞儀した。

彼が礼を述べてから続ける。

「墓のことをお願いにきた時、もう妹は余命宣告を受けていたのです」

はっとしてしまう。生前墓は長寿を招くという麻衣の発言に、道代と佐和田は曖昧な笑みを浮かべていた。

「あの時、あたしは失礼なことを申し上げました。ごめんなさい」

「いや」

と彼が言い、しばらくなにか考えていた。そして口を開く。

「道代は、医師から勧められた抗がん剤治療を拒否していたのです」

彼は、どこまで話したものかと思案しているようだった。逡巡の末、話を継いだ。

「一昨年秋、道代はすい臓がんの手術を受けたのですが、三ヵ月後に肝臓への転移が確認されました。恢復の見込みのない治療で、髪が抜け落ちたり、嘔吐に苦しんだりすることなく、静かに死にたいとの決断でした」

麻衣はどう応じてよいか分からない。

「すみません。こんな話をして」

「いいえ」

きっと佐和田は、父と語らいたくて来たのではないかと思った。道代が亡くなったことだけを伝えにきたのではない。それならば、ただ聞くだけの役割しかできなくても自分が務めたいと決心した。

「よろしければ、こちらにどうぞ」

事務所の出入り口の脇にある応接室に案内する。昨年、佐和田と道代に対面した部屋だ。

「お茶をお持ちしますね」

「どうぞお構いなく」という声を背中で聞きながら、給湯室に行く。そうして戻ってくると、茶托に載せた湯飲みを彼の前に置く。

佐和田は礼を述べてから、ローテーブルを挟んで座った麻衣に向けてゆっくりと語り始めた。

「尊厳死とでもいうのでしょうか、道代の選択は。兄の私が言うのもなんですが、妹は美人でした。中学を出ると、都バスの営業所に入所し、雑用係から車掌になったんです。車掌時代に、若い銀行員だった今の夫に見初められて結婚しました」

へえ、と思う。昔の映画みたいだ。

「妹としては、病みさらばえた姿を見せたくなかったのでしょう」

道代の豊かな銀髪を思い出す。

「そんな妹の決断を、私は見事だとさえ思いました。立派なものだと。だから強くは反対しませんでした。妹の夫は認知症で施設に入っています。道代は、五十歳になる長女とふたり暮らしなのですが、最初は反対していたその長女も母親の強い決意に、ついには同意しました。私は、妹と姪を励まそうと、たびたび呼び出しては食事を共にしました。もはや、医師からの食事制限はありません。信濃大町に墓を建てたいという道代に、〝いい石屋さんを紹介して〟と言われ、石浜さんにも一緒にやってきたわけです」

麻衣は無言で頷く。

生まれも育ちも東京の道代が信濃大町の公営霊園に埋葬してほしいと願ったのは、朝な夕なに眺める北アルプスの山々に魅了されたからだという。東京のＩＴ企業を脱サラし、かの地で小さな果樹園を営むようになった長男の家に逗留する折に、この景観が気に入ったものらしい。それに、墓を守ってくれる長男の近くで眠りたかったに違いない。

ふいに佐和田が、呟くように言う。

「お墓ってなんなのでしょうね？」

「え？」

「先ほどは、〝道代を埋葬したことをお伝えしたかったから〟などと申し上げました。しかし本当は、お墓とはなにかを、麻衣さんのお父上に尋ねようと、今日は伺ったのです」

質問の内容に、麻衣は面食らっていた。隆一となにか話をしたいのだろうとは想像していた。しかし、それが〝お墓とはなにか〟についてだったとは。

「麻衣さんはどう思います？」

「それはもちろん、遺骨を納める場所です。いってみれば、故人の第二の家。それから、残された人の心のよりどころ……とか」

佐和田が小さく首を横に振っていた。それは、麻衣の用意した答えに同意できかねるというように。

「道代は、自分を納得させるために墓をつくったのではないかと考えているんです」

「納得させる、ですか？」

「ええ」今度は彼が首を縦に小さく振る。「私の前で、道代は常に明るく振る舞っていた。しかし一度だけこうもらした、〝本当は死ぬのが怖い……もっと生きたい〟と。それを聞いた途端、私はなんという考え違いをしていたのだと気づきました。治療を拒否した妹の決断を、見事で立派なものだなんて……。だから、強く諭(さと)したんです。〝今からでも遅くない。治療を受けたらいいじゃないか〟と。しかし道代はそれを拒み、まるで自分の選択の証のように墓を定めた。そして、ケア病棟で亡くなりました」

　ふたりして黙っていた。しばらくして佐和田が口を開く。

「実は、ある経験をしたことがあります。ごく若い時の話です」

　佐和田の両親は、宮城県の太平洋に面した漁師町から若くして上京した。父親は商才があり家作(かさく)を持つまでになったが、肋膜(ろくまく)を患い佐和田が十歳の時に亡くなる。母は家作を売って墓を建て、父を埋葬した。

　一家の大黒柱とならなければと決意した佐和田は、商船学校に入学する。卒業後は民間の船舶会社に就職するはずだった。ところが太平洋戦争末期に十八歳で招集され、軍務に服さねばならなかった。佐和田は輸送船の乗員となり、兵士を戦場に送り届ける役目を負った。そして大戦末期の日本はもはや護衛艦をつける余裕もなく、丸腰に近い輸送船は危険な航海を繰り返していた。

「ある時、自分と同じくらいの若い陸軍兵ばかりを乗せたことがありました。陸軍さんは刀を抜いて暴れ出す者がいたりして厄介なのですが、彼らは物静かで礼儀正しかった。私たちに機密事項が伝えられるはずもなく、船がどこに向かっているかも知りませんでした。今から考えてみると彼らは神風の特攻要員で、鹿児島に向かっていたのだと思います。そして、その船が敵潜水艦の魚雷を受けて真冬の海に沈没したのです」

海面が山になったり、谷になったりする。山になると、向こうに自分が乗っていた輸送船の姿が見えた。船は左に大きく傾いて沈み始めている。やがて、ぐん、ぐんと節をつけるようにして、加速しながら沈んでいった。大きな渦が巻き起こり、轟々たる音が響き渡る。佐和田は、必死でその渦から逃れた。

少年時代、近所に住む老人に荒川放水路で古式泳法を伝授され、泳ぎは得意である。立ち泳ぎなら一日中でも平気で浮いていられた。佐和田が周囲を見回すと、乗員の頭が波間に見え隠れしていた。いったいどれほどの人数が漂流しているか見当もつかない。けっして多くはないはずだ。

「気をしっかり持て！」「眠っては駄目だぞ！」そうした声が交錯し、心強く思った。

だが、そこから恐ろしく長い時間が経過した。真昼の陽が射しているのに、海水は氷のように冷たい。いくら立ち泳ぎで浮いていられても、この冷たさには参ってしまう。

　当初、海上を行き交っていた激励はすっかり聞こえなくなった。声の主はどうしてしまったのだろう？　ふと、鱶がやってくるかもしれないと考える。ひと思いに絶命するなら、いっそ楽かもしれなかった。だが、脚や腕を少しずつ嚙み千切られ、苦しみ悶えながら死ぬのはかんべん願いたい。そんな想像をめぐらすと、今しも鋭い歯が迫ってくるようで、足の先がぞわぞわしてくる。

　やがて、意識が遠のくようになった。海に沈みそうになると覚醒し、立ち泳ぎすることを繰り返す。一度、青黒い海底に向け深く沈んでいく自分を感じながら、このまま目を覚まさなくてもいいと思ってしまった。

「すると、不思議な光景が目に映りました。白くまばゆい部屋に、私は投げ出されたように眠っているのです。身に着けているのは艦内で着る白い事業服。つまり、海に浮かんでいるその時の服装と一緒です。私は右腕を頭上に伸ばして、横向きに寝ています。そして、右手首には鎖の輪っかがはめられ、それが一メートルほど先の白い床に穿たれた鉄柱と鎖でつながれているのです。その鎖の輪がひとつずつ消え、だんだん短くなっていきます。身体のほうは引きずられているような感覚はありませんが、それでも鉄柱へと徐々に近づいていきます。いや、私は離れて自分自身を見ているので、その感覚がないのです。ただ、なめらかに鉄柱に近づいていくだけです。そして、自分でも分かっている。この鎖の輪がすべてなくなった時は、あの世へ行くのだと」

だんだん短くなっていく鎖が、最後にふたつの輪を残すのみとなったところで、佐和田は目を覚ます。水平線にマストが一本見えた。

「味方の船に救出され、平成の御代に私はこうして生きているわけです」

「今のお話、それは臨死体験のようなものでしょうか？」

麻衣は言ってみる。

「臨死体験……私もたぶんそういうものだと思ったんです。ところが、違うのではないかと、思い直すことがありました」

戦後、佐和田は大手の水産加工品製造販売会社に就職。捕鯨船に乗って遠洋漁業に出た。漁から戻ると、仲間と三人で片っ端から山に登った。どんなにつらい縦走であったとしても、帰りの汽車の中では次の山行に思いをはせていたものだ。そうした中で、身のほど知らずにも北アルプスを二週間のテント泊で全山縦走しようと試みた。

「終戦から七年が経った昭和二十七年夏のことです。五十キロ近い重い装備を背負っての強行軍でした。停滞前線による悪天候にも進路を阻まれ、後立山の最後の難関、針ノ木岳尾根上で、私はもう一歩も動けなくなりました」

佐和田が、遠くを見渡すような眼差しになった。

「言い訳になりますが、私は帰港して休養を取らずに山行に参加していました。夏山シーズンに限りがあったのと、もうひとつ理由がありました」

そこで彼が押し黙る。

麻衣は遠慮がちに、「その理由というのはなんですか？」と訊いた。

佐和田が、両目をぎゅっと閉じてから告げる。

「前年に母を亡くしたんです。私は航海中で、道代がひとりで母を看取りました。捕鯨は戦後の食糧難を支える日本の貴重なタンパク源と、誇りを抱いて働いていました。しかし、一家の大黒柱を任じながら、自分はなにをしていたんだろう……と。そんな気持ちを拭い去りたくて山に登ったんです」

浮ついた心と準備不足で挑んだ北アルプス踏破は、前半の後立山で挫折せざるを得なかった。水筒には一滴たりとも残っていない。気力と体力を奪われた佐和田は、午後の陽射しの中でふたりに針ノ木岳雪渓へ下りてキャンプしてくれと告げた。自分は、ここでひとり野営するからと。それがどんなに危険なことかは分かっていた。自暴自棄になっていたのだ。もちろん、ふたりは納得しなかった。おぶってでも一緒に連れていくと強く言われた。だが、それでは共倒れになる。彼らを巻き込んではいけない。強い口調でふたりに行けと言った。山男としての最後のプライドがそうさせていた。なにより一家の大黒柱の務めが果たせなかった自分にとって、生きるとはもはや執着でしかなかった。そんな生ならもういらない。ふたりが去ると佐和田は眠った。もう目を覚まさなくてもよかった。

「またあの光景が、目の前に広がっていました。登山服姿の自分が、まばゆい部屋で寝ていたのです。助かったのか？　いや、違う。離れたところから自分は、横になって眠っている自分の姿を眺めているのだ。右手首には鎖の輪っかがはめられ、それが一メートルほど先にある鉄の柱と鎖でつながれている。鎖の輪はひとつずつ消え、だんだん短くなっていく。自分には分かっています、鎖の輪がなくなった時が最期だと。自分と柱までの距離は、もう十センチもない。そこまで来て気がつく。柱に通されていた鎖の輪っかが外れていることに」

佐和田は目を覚ました。岩陰の高山植物に宿るわずかばかりの水滴で舌を湿らせると、残る力が奮い立つようだった。まだなんとか動ける。山が暮色に彩られているうちが勝負だ。尾根道を転げ落ちるように急ぐ。

「片翅の蟬がもがいて生をまっとうするように俺も生き切ってやろう、そう思ったんです。夕闇迫る雪渓にテント設営中の豆粒のようなふたりの姿を見いだした時、これで助かったと。そして翌日、三人で下山し信濃大町駅に辿り着くことができたのです」

佐和田が閉じていたまぶたを見開く。

「瀕死の私が虚ろに目撃した光景、あれは臨死体験などではない。私の生きようとする意志が、あの夢を見させたのです。柱から鎖の輪っかを外したのは、私自身なんです」

　そこで彼が強く目を閉じ、再び見開いた。

「私の山仲間が、おぶってでも一緒に連れていくと言うのを、私のプライドが断った。しかし、その向こうに私の生きようとする意志があった。生きることは、執着ではなく意志なのだと。道代も、抗がん剤治療を拒絶した向こう側に、生きようとする意志があったはずです。それを、私は強く支持してやれなかった。妹に治療を受けさせなかったのを、今は悔いています」

「治療を受けないという選択をしたのは、道代さんです」と麻衣は言う。「それが、道代さんの意志なんです。道代さんは、意志を貫いたんですよ」

「本当にそうなんでしょうか？　妹の意志だったと言い切れるのでしょうか？」

　そう返されて、麻衣は黙るしかない。だが、次に言っていた。

「佐和田さんは、お墓とはなにかをお訊きになりたくていらしたと。お墓とは、語りかける相手だと思います。どうぞ道代さんのお墓に、話しかけてください。答えは見つからなくても、これからもずっと語りかけることはできます」

　佐和田が、「語りかける、か」と呟く。

「来年もまた来る——四十九日の法要が終わった帰途、信濃大町の駅のホームで私は声に出さずに言いました。それは妹に向かってだったのか、それともホームからも見える後立山に向けてだったのか」

信濃大町は、五十年以上前に疲れ果てた佐和田ら三人の山男が辿り着いた駅である。

彼が、麻衣に顔を向けた。

「一周忌に、妹の墓とじっくり語り合ってきます」

夕方、事務所を閉めて家のダイニングに行くと、作業着姿の緒方と隆一がお疲れさんの一杯を飲っていた。

「麻衣、おまえもそこに座って一緒に飲め」

隆一が顎で促す。ふたりは、柿の種をつまみながらビールのグラスを傾けていた。広いダイニングには大きなテーブルがあって、辞めていった従業員も交えよくこうして飲んだものだ。

麻衣はキッチンに行って、冷蔵庫から缶ビールを出す。曜子がガスコンロに向かい、フライパンを火にかけていた。辛そうな香ばしいにおいが漂っている。

ダイニングに戻った麻衣は、立ったまま缶のタブを引いた。そしてグラスにそそがずにひと口飲むと、今日の佐和田の一件を伝える。

「ねえ、お父さんは、お墓ってなんだと思う？」

「そんな生意気なこと、石屋が考える必要はない」

隆一が腕を伸ばして、緒方のグラスにビールをつぐ。そして空になった缶を持って立ち上がると、キッチンに向かった。その後ろ姿を見て、「またこれだ」と麻衣は呆れて呟く。

「ねえ、ガタさんはどう思う？」

「墓は、代々の遺骨の行き先を確保するためのものでもある。つまり、墓に眠っているのは、ひとりとは限らないというわけだ。墓に向かった時、いったい誰に対しているのか？　誰のことを考えているのか？　参った人によって事情は違ってくる。麻衣が今日、佐和田さんに伝えた〝語りかける〟という言葉は、ひとつのありようだ」

そこに隆一が戻ってきた。新しい缶ビールと、もう一方の手に麻婆茄子（マーボーなす）の皿を持っている。

緒方が続けて言った。

「なにより、麻衣は佐和田さんの話を聞いてあげた」

「ただ聞いていてただけな気がするけど」

「ただ話を聞く、それでいいんだ」

ただ話を聞く……か。

4

七月の陽盛り、由比ヶ浜霊園のプレハブにいた麻衣は、小西さんという五十代の女性に四百万円の墓を売った。

「あなた若いけど、まじめそうだし信頼できそう」

小西さんは、疲れた表情をしている。夫を病気で亡くしたばかりだそうだ。いうまでもなく墓は大きな買い物だ。自分をそのように信じ、大手石材店ではなく石浜に決めてくれたのが嬉しい。

「後日、契約書を持って伺います」

麻衣は丁寧に頭を下げる。

数日後、営業車で小西さんから聞いていた住所に向かった。そこは路地の奥にある古びた二階建てのアパートだった。

鉄骨階段を靴の音を響かせないように上がると、一番手前のドアのチャイムを押す。

「はい」

ベニア板張りの薄いドアの向こうから声が聞こえ、小西さんが顔を覗かせた。相変わらず疲れたような顔をしている。

「どうぞ、入ってください」

ドアを開けると、玄関の向こうはすぐに六畳ほどの畳敷きの居間だった。陽射しを遮るためにカーテンが閉め切られている。古いエアコンが重そうな音を立てていた。蛍光灯の薄明りの下、テレビがついていて、その前で二十代ぐらいの女性と歩き始めたばかりといった幼い子どもが遊んでいる。麻衣は玄関に立ったまま、小西さんと彼女の娘らしい若い女性にお辞儀した。

「こちらにどうぞ」

小西さんに促され、テーブルに向かって正座すると契約書の封筒を出す。

突然、子どもが泣き出した。小西さんの娘が一生懸命あやすが、泣きやまない。

「外にいるね」

娘が子どもを連れていく。

「すみません」

麻衣は、急いで彼女に頭を下げた。

娘が出ていくと、「離婚して戻ってきたんですよ。まあ、孫がいるようになって賑やかでいいけど」小西さんが屈託ない調子で言う。

麻衣がテーブルの上に置いた契約書の印鑑の位置を示していると、突然、襖が開いて金髪の高校生くらいの男子が出てきた。彼はこちらを一瞥することもなく、玄関のすぐ横の台所にある冷蔵庫からコーラの缶を出す。そして再び襖の向こうに消えた。おそらく息子なのだろう。しかし小西さんは、腫れ物に触るように目を背けていた。

麻衣は記入された契約書を携え、小西さんに見送られて部屋を出る。階段を下りていると、アパートの前で遊んでいる小西さんの娘と孫の姿が目に入った。太陽が真上に来ていて、ふたりの足もとで切り取ったように影が短い。階段を下りきると、麻衣はそちらに向かって頭を下げる。

振り返って二階を見上げると、小西さんがまだ廊下に立っていた。麻衣はもう一度深々とお辞儀してから、営業車を停めたコインパーキングへと向かう。

はたしてこの家に、本当に四百万円の墓が必要なのだろうか？　麻衣は、墓を売ったことに初めて違和感を覚えていた。

第二章　夕焼け空

1

「その金髪の男子は、不登校でほとんどひきこもり状態らしいの。で、長女は離婚して子どもを連れて帰ってきたわけでしょ。小西さんはパートで事務員をしてるんだけど、ふたりの子どもを……じゃない、孫もいるから三人を養わないといけないわけ。なけなしの貯金を頭金に、あとはローンを組んで四百万円の墓石を買ったのよ。ねえ、お墓とか買ってる場合じゃないと思わない!?」

麻衣はそこまで一気にまくし立てた。

あれから一年近くが経った二〇〇五年（平成十七）七月中旬だった。梅雨が明けたばかりのその日、「暑気払い（しょきばらい）しない？」という誘いに乗って、高遠遥（たかとおはるか）に会っていた。遥は大学時代からの友人である。

「あたしさ、自分でお墓を売っておいて、ほんとにこれでよかったのかな、って思っちゃったんだよね」

コースの焼き鳥の一本目は、ワサビの載ったささ身だった。そして二本目のレバーが、皿に載ってテーブルにやってきている。

「ふーん」

遥が、串の下のほうのレバーを、箸で皿に外して口に運ぶ。それまでは串から直接食べていた。そのほうが、焼き鳥の醍醐味を堪能できるに決まっている。レバーを塩で食べさせるのは、素材に対する店の自信の表れだ。串の下のほうは食べにくいから遥は箸を使ったまでで、上品ぶっているわけではない。実利主義の遥だからこそ、古民家のイタリアンよりも、路地裏のこの焼き鳥屋を選んでいた。それに、旅行会社に勤める遥のほうが、地元民の麻衣よりも鎌倉のオシャレでおいしい店に通じているかもしれない。今日も、この秋の紅葉ツアーのコースの下見にやってきていた。そのついでに、麻衣にお声がかかったのだった。

「麻衣は一年近く経った今も、その一件を引きずってるわけなんだ」

「うん」

気になって、由比ヶ浜霊園にある小西家の墓を見に行ったりもした。定期的に墓参しているようで、雑草が生えているようなことはなかった。

「でもさ」と、遥が生ビールのジョッキを傾けてから言う。「いろいろ大変だったとしても、その奥さんは亡くなった旦那さんのお墓が欲しかったんじゃないかな。多少生活が厳しくてもさ、旦那さんのお墓を立派にしたかったんだよ。それこそ、なにをおいても」

「なんで？」

と麻衣は訊いてみる。

「決まってるじゃない、愛の証だよ」

「お墓が、亡くなったご主人への愛の証なわけ？」

突っかかるような物言いだったかもしれない。ちょっぴり上を向いた鼻がいかにも気が強そうな遥に対しては、昔から遠慮することなく話ができた。

「どうして、そう絡んでくるのよ。そもそも、あんたが売ったお墓でしょ」

「そうなんだけどさ……」

場がしらけてきたところで遥が、「あたしさ、失恋しちゃったのよね」と絶妙な話題を提供してくる。

「なにそれ!?」

麻衣はすぐに食いついてしまった。

「相手は、会社の先輩なんだけどさ」

とぼやく彼女に向けて、「うんうん」と、つい先を促すように相槌を打ってしまう。

「今の会社に入ったきっかけって、その人がいたからって言ってもいいんだよね」

遥が勤める株式会社大空観光は、東京の練馬区にある小さな旅行会社だ。地元発着を売りにした日帰りバスツアーを主催している。大学の同級生だった遥は、在学中に通信教育を受講し、国内旅行業務取扱管理者の国家資格を取得していた。

「あたしが就職先を旅行会社一本に絞ってたのは、知ってるでしょ？　旅行会社っていうか、ツアーコンダクターになりたかったの。理由は単純、あちこち旅行できるから」

遥が大空観光の採用試験を受けたのは、実家の最寄り駅の私鉄沿線に会社があったからだ。大学は横浜にあったから親元を離れひとり暮らしをしていたけれど、卒業後は実家に戻るつもりでいた。

「だからって、家に近いっていうだけで会社を選ぶつもりはなかったし、あたしは大手を志望してたんだ。だから、ツアー試験も軽い気持ちで受けたわけ」

「ツアーシケン？」

遥が頷いて語り始めた。

「本日は、ツアーに同行させていただく者がおりますので、紹介いたします。高遠遥さんです」

バスの最前列の席に座っていた遥は、突然そう紹介されてはっとする。マイクを握った名取美礼が、客のほうに目を向けたままで話し続けた。

「高遠さんは、弊社の新卒採用に応募した大学四年生です。本日はツアー試験で参加しています」

〝ツアー試験〟という言葉に、「ほほう」と乗客らが反応する。

「ツアー試験は、実際に日帰りバスツアーに参加し、添乗員がどういうことをするかを見るものです」

今度は客の間に、「へー」という声が広がった。なんだか楽しそうな試験じゃないか、と。

「添乗員のよいところも悪いところもしっかり見ます。そして、今日のツアーに関して所感をレポートにまとめます」

客の、「ふーん」はレポートを書くなんて面倒臭いよな、というところか。

「採用試験といいながら、なんだか業務に就いているわたしのほうが観察されているみたいなんですけどね」

美礼が少しだけ口をへの字に曲げ不平そうにしてみせると、車内に笑いが沸き起こる。

二十代後半の美礼は、すらりと背が高い。黒のパンツスーツの脚が長かった。その容姿は、どこか鹿を連想させる。大空観光に入社して七年目だという彼女は、添乗員としてまさに脂が乗り切っていた。アーモンド形の大きな目には若さと自信が同居し、ツアー参加者の心をしっかりとつかんでいた。

「でも、このツアー試験。実はエントリーした学生がこの仕事に向いているかどうか、自分自身と向き合うのが本当の目的なのかもしれません。毎年ツアー試験を体験して、その後の面接を辞退する人もいますので」

遥も最初の面接で、ベテランの男性社員から言われたっけ、「〝タダでいろんなところを旅行できる〟なんてイメージでこの仕事を選んだら、長続きしないよ」って。

「高遠さん」

そう呼びかけられて、はっとする。

美礼が、黒目がちな瞳をこちらに向けていた。

「皆さんに、ひと言挨拶して」

マイクを通さない声で、そう指示してくる。

「はい」

　返事して、立ち上がろうとした。けれど、立ち上がれない。まるで金縛りにでもあったみたいだ。「しまった」シートベルトをしたままだ。遥は腰の部分を締めているベルトをバックルから外した。素早く立ち上がろうとするが、バスの振動で尻もちをつくように座り込んでしまう。今度こそ立ち上がって、揺れるバスの中を歩んで美礼の隣に立つ。彼女はマイクを遥に手渡すと、場所をあけた。

　遥は、運転席の囲いに収納されている腰当てを引き出すと、身体を預けた。これがガイド用背もたれで、「わたしたちは単に〝ガイドもたれ〟って呼んでるんだけどね」と教えてくれた美礼は、先ほどまで遥が座っていた最前列のシートに座っている。すぐに立ち上がれるように、お尻をちょこんと載せている感じだ。

　遥は、ツアー客に向けてお辞儀すると、右手に持ったマイクを口もとに近づける。

「本日、皆さんとご一緒させていただきます。よろしくお願いいたします」

　もう一度頭を下げた。そして顔を上げると、美礼のほうを見る。彼女が「それだけ？」といった表情をした。こくりと小さく頷いたら、「もう、しょうがないな」というように美礼が立ち上がる。彼女にマイクを返すと、遥は入れ替わるようにシートに腰を下ろした。

「高遠さんは、あくまで採用試験中ですので。皆さんとまたお目にかかれるかどうかは、彼女の実力次第ということになります」

美礼が身もふたもないことを言って、客たちを笑わせる。確かにそのとおりなのだが、笑いのタネにされたこちらにもプライドがある。

――べつに大空観光が第一志望というわけではないんで。大手旅行会社も受けてますから。

「ねえ、遥」と思わず麻衣は口を挟む。「ツアー試験については分かったんだけど、肝心の先輩男性が出てこないじゃない」

「待ってよ、順番に話す必要があるんだから」

遥が続けた。

バスは予定どおり六時に集合場所の駅前を出発する。

業務の都合上、添乗員は進行方向に向かって左側、乗降口のステップに面した最前列を使用する。出たり入ったりが多い美礼が通路側に、遥は窓際に座った。知っている町並みのはずなのに、観光バスの高い位置にある窓から眺める風景は新鮮だった。早朝であるからよけいにそのように目に映る。白茶けた朝の光が照らす、自分が暮らす町の別の表情を見ているうちに、今日の旅への期待が高まってくるのだ。これが試験であるのだとしても。

大空観光が主催する日帰りバスツアーが、大空ツアーである。その特色は、徹底した地元密着主義にある。乗車場所は四ヵ所あって、駅前を出発後に順番に回って客を乗せていく。今日は出発時刻が六時と早いので、朝食のおにぎりが配られる。このアットホームなサービスもまた、大空ツアーの特色である。

おにぎりは、ふたつ目の乗車場所の産婦人科病院横で積み込まれた。届けにきたのはお弁当屋さんではなく、大空観光の社用車に乗った二十代後半の男性社員だった。黒い細身のスーツに身を包み、濃紺のニットタイを締めている。

「きみが高遠クン？」

と、彼がおにぎりの入った段ボール箱を、遥がいるシートの足もとに置きながら訊く。

「はい」

と応えたら、「あまり緊張しないで、楽しんで」と、にかっと笑いウインクした。遥はドキッとする。なかなかのイケメンだ。

彼に向けて、「キャー、王子！」と乗客の女性から声がかかる。黄色い歓声ではない。平日ということもあって客の年齢層が高く、声をかけた女性も六十代後半といった感じだった。

彼がそちらに向けて、「おはようございます」と挨拶する。今度は別の年配女性から、「来週のシャインマスカット狩りのツアーって、王子が添乗するの？」と質問が飛ぶ。

「僕が添乗します。よろしくお願いします」

爽やかに返答した。

そこに、病院横で乗車する客を迎えに出ていた美礼が戻ってくる。

「おにぎりの積み込み、ご苦労さま」

と上司らしい彼女が、いかにも上から目線でねぎらいの言葉をかけると、「お疲れっス」と彼のほうも素っ気なく返した。美女と美男といった感じのふたりだが、お互いに目を合わせようともしない。「仲悪そっ」と遥は感じる。

バスを降りていく彼の背中を見やってから、美礼がこちらに顔を向けた。

「彼は一ノ瀬(いちのせ)って、うちの添乗員」そう言ったあとで、「〝大空王子〟とか呼ばれて、いい気になっちゃって」と吐き捨てる。

王子か……ミディアムヘアを前下がりマッシュにしてるところといい、長い睫毛(まつげ)といい、なるほどかも、との感想を遥は抱く。そのあとで、彼の笑顔が不思議と心に残った。

「で、その一ノ瀬って人なわけね」

麻衣が言ったら、「そう」と、遥が三本目として出てきた鳥皮の串にかぶりつく。香ばしい皮の脂の旨さは感涙ものだ。

「大空王子か――遥って面食いなんだ」

「ほかにもいろいろあった旅だったんだけどね……」

感慨を込めた声で彼女が呟く。

だから思わず、「ほかにもって？」と訊いていた。

「まあ、そのうち話すよ」とはぐらかし、自分の恋の傷へと引き戻す。「ともかく、王子との出会いは入社を決めた理由のひとつだったわけ」

麻衣が黙って頷くと、さらに彼女が続けた。

「入社以来、三年間も忍ぶ恋だったんだ。ところが去年の年末……」

大空観光の忘年会は、四国の社員旅行だった。帰路は、会社から旅費とお小遣いをもらって各々が好きなルートで帰るというのは旅行会社らしい。

「そしたらさ、一緒に帰っていったんだよ、王子と美礼さん」

「え、仲が悪かったんじゃないの、そのふたり!?」

遥が首を振る。彼女の目を潤ませているのは、鳥皮の脂の旨みではなかった。

「王子と美礼さんの関係は、社員全員が知ってるんだって。あ、あたし以外の全員ってことだけど。……っていうより、あたしが見ないようにしてたんだよね、ふたりの関係を。知るのがコワくってさ」

さすがに茶化せるはずもなく、麻衣は黙っていた。

すると、遥が口を開く。

「麻衣のほうはどうなの？」

「どうって？」

「決まってるでしょ」

「ああ、ないよ、なにも」

「まだトオル君のことを思ってるとか？」

「そんなはずあるわけないじゃない」

まったく、そんなはずがあるわけなかった。ただ、改めて考えさせられているのだ。彼にフラれた理由でもある墓石を売るというのは、どういうことなのかを。

そういえば、辞めていった石浜の社員の穴を埋めるべく求人をしているのだけど、ぜんぜん反応がなかった。やっぱり好かれる仕事じゃないんだよな。

2

「お墓っていくらくらいするものなんでしょう？」

由比ヶ浜霊園のプレハブ出張所にいると、突然そう声をかけられた。声の主は四十代半ばくらいの男性で、半袖の薄いブルーの作業着姿である。

出し抜けともいえる内容だが、こうした質問は初めてではない。麻衣は柔らかな笑みを返した。

「お墓を建てるのは、一生に一度あるかないかです。まったく分からないことだらけですよね。よろしければ、少しお話しさせてください」

プレハブは、宝くじ売り場のようなスタンドショップ型で、パンフレットを並べている。室内には折り畳み式のテーブルと椅子を置いていて、そこに男性を案内した。商談コーナーでは不謹慎な感じがするので、相談コーナーと呼んでいた。

「すみません」

男性は恐縮した様子で椅子に座ると、雨宮（あめみや）と名乗った。

「先月、父を亡くしました」

麻衣はお悔やみを伝える。

「四十九日も過ぎたのですが、まだ納骨する先が決まっていなくて」

雨宮がそこまで言ってから、小さく首を振る。

「そもそも父は、〝自分の墓などいらない〟と口にしていたんです。〝骨は生ごみと一緒に捨ててくれ〟と」

「そんな」

雨宮がかすかに笑った。

「もちろんそういうわけにはいかなくて、どうしようかと困っていまして……」

ふたりとも黙ってしまう。

雨宮がうつむき加減で口を開いた。

「私たちは、墓のことについてきちんと話し合っていなかったんです。先ほどの父の発言は、半ば冗談。しかし、半ば本気だったと思います。父は業を煮やしていたんです」

そこまで言うと彼が今度は顔を上げ、毅然とした表情で語り始める。

「私は現在、川崎市にある従業員五十人の会社で副社長をしています。町工場といわれる規模の中小製造業ですが、営業、製造、設計、品質管理、企画を担当しています。要するになんでもやってるわけです。会社の舵取りを任されているので」

彼の語りには、自信とプライドがみなぎっていた。

まだ若いのに副社長なんてすごい、と麻衣は思う。

「舵取りとしてどこを目指しているかというと、イノベーションを生み出していく会社です。会社を、イノベーションを生める場所にするためには、新しいものにチャレンジする必要があります。では、なににチャレンジするか？　必ずしも売り上げを伸ばしていくのが目標ではない。若いメンバーの、いや若くなくてもいい、スタッフのテンションが上がる仕事にこそ、イノベーションの種があるんです」

熱く語る彼が、墓石を売ることに迷いを感じている麻衣には眩しく映った。

「私はもともと、大企業といわれる工作機械メーカーにいたんです。大企業への入社が決まった時、父は大変喜びました」

雨宮が彼方を見つめるような表情になる。

「父は東京の蒲田で小さな町工場を営んでいました。私が現在勤めている川崎の工場よりもっと規模の小さい、従業員三人の工場です。父の工場は、発注元の大企業にずっと翻弄されていました。取引先がそこ一社だけだったので、向こうの調子がいいと下請けの父の工場にも多くの注文が入ります。もちろん、その逆もある。もっと安くできる海外の工場に出すからと、注文が止まったこともありました。そんな時、父は新たな付加価値を提案し、違う注文を引き出したものです。小さい工場でしたが、技術力はあったんですね。けれど父は義理堅くて、ほかの企業と取引を持とうとはしなかった」

彼の父親の実直な姿が、目に浮かぶようだった。

「荒海を漂う小舟のような工場を経営する父は、私が大手メーカーからの内定を得た時には諸手(もろて)を挙げて就職に賛成しました。そして自分の工場を継げと言う代わりに、新機種を導入するような資本投下をやめたんです。おかげで受注は先細り、従業員たちに新たな就職先を世話してついには工場を閉鎖しました」

麻衣は、かつてあった小さな工場と、その主であった雨宮の父に思いをはせていた。すると彼が、意外な言葉を口にする。

「そんな父を、私は裏切ってしまった」

「どういうことでしょう?」

「大企業は、異質な空間といえます。高学歴の人間が集まっていて、カタカナ英語的な言語を用い、行動様式も揃(そろ)っています。私はそんな大企業という空間に、居心地の悪さを感じるようになっていったんです。一方で、工作機械メーカーの営業マンとして、日本全国の町工場に出向いていました。町工場の従業員は、中卒もいれば大卒もいます。その混沌は、世の中を反映しているように感じたものです。特に川崎で出会った町工場は、ユニークでした。品質（Q）・経費（C）・納期（D）を追うのではなく、人情があって、ストーリーがある会社だと感じました。寒い日、場末のスナックに入ったら、温かいおでんを出してくれた。特別安いわけでも、かわいいオネエチャンがいるわけでもないのに、なぜかまた顔を出したくなる店――そんなストーリーが浮かんでくる町工場でした。さらに、そんなところだからこそ、大手自動車メーカーの社員が出向で来ていたりして、ブルーカラーにホワイトカラーが交じって、ますます世の中そのものになっていました。ここでなら、なにか新しいことができるかもしれない、そう直感したんです。大手企業にいると新企画を通すためには、プレゼンではなく周りを説得することにエネルギーを費やします。そんな閉鎖的な空間にいるより、自由に働けると考えたんです。私は自分を売り込み、四十歳を目前にして転職しました。そして徐々に評価を得、副社長という役職を得たのです」

　そこまで一気に語った彼は、視線を落とした。今の彼に、先ほどの自信に満ちあふれた姿はなかった。

「もちろん父は、私の転職にいい顔をしませんでした。せっかく入った大企業を辞めたばかりか、町工場に勤めるという選択をしたことが許せなかったんです」

　それが雨宮の言う〝父は業を煮やしていたんです〟であり、〝父を、私は裏切ってしまった〟であったのか。

「父はもはや、私に対して失望していたのでしょう。それで、〝自分の墓などいらない〟〝骨は生ごみと一緒に捨ててくれ〟と言ったんです」

「〝自分の墓などいらない〟か」

緒方が呟く。

石浜の工房に緒方、隆一、麻衣の三人で立っていた。夏の日は長く、夕方六時になっても明るい。

「その雨宮って人は、〝父はもはや、私に対して失望していたのでしょう〟って言ったそうだな」

麻衣が頷くと、緒方が続けた。

「つまり、親父殿は、〝失望して〟それで自暴自棄になっていたってことだよな。やけになって、自分の身を粗末にしてたと」

「雨宮さんはそう思っているみたい。だから、〝自分の墓などいらない〟〝骨は生ごみと一緒に捨ててくれ〟と言ったのだって」

緒方が腕を組んだ。

「俺の考えはちょっと違うんだな。自暴自棄っていうよりも、親父殿は雨宮さんを見限ったんだろう」

「どういうこと？」

「墓石には、〔〇〇家之墓〕という文字を彫るよな。これは、〔〇〇家〕の人たちが亡くなったあと、皆が同じ場所で眠っている墓であるというのを意味している。日本の墓っていうのは、故人が眠る場所というだけでなく、先祖から受け継がれてきた歴史や血筋といった意味合いも含まれているわけだ」

一昨年の夏、庵治石で墓を建てたいと石浜にやってきた豊川が「自分が入る墓を、東京で自分で用意する。その墓は、子々孫々まで受け継がれるんだ」と言っていたのを麻衣は思い出す。

「先祖が代々眠っている墓の管理や修復は、その子孫たちへと受け継がれていく。雨宮さんの親父殿は、せがれが自分の墓を引き継いで、守ってくれるとは思えなかったんだ」

「つまり、自分の息子に見切りをつけたってこと？」

緒方が頷く。

「せがれには大企業に勤めてほしいと考え、親父殿は自分の工場を閉めた。ところが、せがれのほうは、せっかく勤めた大企業をぷいと辞めて、こともあろうに町工場に転職した。しかも町工場を場末のスナックに例え、大企業からご降臨とでもいったスタンスときてる。

親父殿のご立腹も、無理はないな」

そこで、ふと気づいたように緒方が麻衣を見る。

「親父殿の亡骸は、荼毘に付したのか？」

麻衣が頷いて、「ご遺骨は、雨宮さんの実家に安置しているそう」と応えた。さらに、「実家には、お母さまがひとりで暮らしてるみたい」と付け足す。

すると、緒方が言う。

「日本では、墓に納骨する必要性から骨が残るように火葬するわけだ。そして、通常は遺骨を遺族が持ち帰る。雨宮さんの場合は、おふくろ殿がそうしているわけだ。だが、親父殿が墓はいらぬと言っているのなら、遺骨を火葬場で引き取ってもらう手もあったな」

「え、そんなことできるの？」

緒方がゆっくりと頷く。

「なにかの事情で遺骨を収骨できない、あるいはしたくない遺族もいるからな。これは、究極にシンプルに故人を葬る方法かもしれん。ただし、火葬場での収骨なしが可能かどうかは、自治体による」

「収骨されなかった遺骨は？」

「まだ焼き場の熱が残るまま合祀墓に、ってとこかな」

麻衣は目を丸くしてしまう。

すると、それまで黙っていた隆一がなにかに気づいたように、「合祀墓、か」そうひとり言ちた。

「どうしたの、お父さん？」

「麻衣、雨宮さんを石浜に呼んでくれ」

緒方が、「説教でもたれるつもりですか、社長？」と茶々を入れる。

「石屋がそんな生意気な真似するわけねえだろ」

父に向けて麻衣は、「雨宮さんから名刺もらってるから、電話してみる」と応えた。

3

由比ヶ浜霊園で会った雨宮は、自信と弱気が入り交じっていた。しかし今日は、気力の乏しさが多くを占める印象だった。

「先日、浜尾さんにお話ししたことで、自分の身勝手さに改めて気づいたんです」

雨宮が、麻衣に視線を送ってくる。彼は、今日も作業着姿である。

石浜の応接室で、隆一と麻衣は雨宮と向き合って座っていた。

雨宮が、今度は視線を下に向け話を続ける。

「私は、〝なにか新しいことができるかもしれない〟というだけで、今の町工場に転職したわけではないんです。〝大企業という空間に、居心地の悪さを感じるようになっていった〟というのは事実ですが、それは、カタカナ英語的な言語を用いて会話することでも、行動様式が揃っていることでもない。大企業という空間の中で、自分の先行きが見えたからなんです。ここで出世するには限界がある、そう感じました。中小企業に転職して、そこで上に立ちたいと考えるようになったんです」

そして、再び麻衣に顔を向けた。

「浜尾さんにお墓について相談しているうちに、父の考えが見えてきました。父は、私に対して失望したのではなかった。見込みがないと諦めたんです。見限ったんですよ」

それは、緒方の考えと一緒である。

「〝おまえに、俺の墓が守れるはずがない。俺の工場を引き継げなかったように〟――父はそういう意味で、〝自分の墓などいらない〟〝骨は生ごみと一緒に捨ててくれ〟と言ったんです」

雨宮が膝に両手をつき、うつむく。

「違うと思いますよ」

そう諭したのは、隣にいる隆一だった。

しかし、雨宮は下を向いたままである。

「父上は自分の工場を継いでほしかったわけでもないし、あなたが大企業から町工場に転職したことが気に入らなかったわけでもない。ただ心配していたんです」

雨宮が上目遣いに隆一を見た。

「心配していたからこそ、自分の工場を継ぐことなく大企業に就職しようとするあなたの選択に賛成した。心配する一方で、自由にすればいいとも考えていた。なにより、息子の人生なんだから、と」

「そうでしょうか？」

と、かすれた声ですがるように問いかける雨宮に向け、隆一が頷く。

「私も中小企業、いや、零細企業の経営者なので、父上の気持ちがよく分かる」

さらに隆一がゆっくりと続けた。

「この石浜は、祖父が創業しました。私で三代目になります」

隣で父が話すのを聞いている麻衣は、石浜の歴史をざっと思い起こす。石浜は、麻衣の曽祖父が大正期に創業。曽祖父は、麻衣が生まれる前に死去しているが、曽祖母の記憶はある。その光景は鮮やかだ。自分が四歳の時、今の家を建て直す以前の古い木造家屋の二階に麻衣がひとりで上がっていくと、座敷に曽祖母の節が着物姿で座っていた。そして、こちらを振り返り、ほほ笑んだのである。

「しかし、四代目を娘に継がせようなどと考えたことはありません」

自分について父がそう発言したことに、麻衣ははっとする。

「今後、娘が石浜を継ぎたいと考えるか、ほかの仕事に就くか、それは自由です」

〝石浜を継ぎたいと考えるか〟というのは、〝継ぐか〟と意味が違う。あたしが勝手に、そう考えるってことだ。

「ただ、これだけは言えます。どういう選択をしようと、私は娘を心配している」

麻衣は、父の横顔をちらりと見やる。隆一は、雨宮に向けて真っすぐに視線を送っていた。

「父上も、ひたすら雨宮さんを案じていたのではないでしょうか」

「私を心配……」

隆一が頷く。

「そうでないとおっしゃるのなら、今度は石屋としての考えを申し上げましょう。雨宮さんは先ほど、〝おまえに、俺の墓が守れるはずがない。俺の工場を引き継げなかったように〟――と父上の考えを憶測されていましたが、違うと思います。父上は、墓というものから、雨宮さんを自由にさせたかったのでしょう。工場と同様、家の墓などというものに縛られる必要はない。それが、〝自分の墓などいらない〟〝骨は生ごみと一緒に捨ててくれ〟という言葉になったのです」

蟬しぐれの中、隆一と一緒に雨宮を送り出す。彼は、石浜の駐車場に社用車を停めていた。

雨宮が、蟬の声を仰ぐように夏空を見上げる。

「腰越は漁港があるせいか、撚糸(ねんし)機械の部品をつくっている中小製造業が多いんです。漁網や漁業用ロープを撚(よ)る工程に使う機械の部品ということですね。小さいけれど技術を持ってる工場もあって、協力体制を持ちたくて出かけてくるんです」

麻衣が、「小さいけれど技術のある工場、ですね」と言ったら、彼がはにかんだように笑う。それから、ふと思い出したように付け足した。

「浜尾さんと初めてお会いしたのは由比ヶ浜霊園でした。由比ヶ浜にもすごい町工場がありますよ。いや、あそこはもう町工場なんてレベルを超えてるか」

そう口にしたあと、雨宮が改めて駐車場に置かれている石柱や石灯籠、地蔵や観音像などを見やる。盛夏の強い陽射しの下(もと)、影はひと際濃かった。

「不思議な空間ですよね」

彼の述べた感想に、麻衣は思う。この世とあの世をつなぐような風景を朝な夕なに眺め、自分の中にいつしか自然と家業を継ぐのだという意識が芽生えた。父娘で改めて口にしなくても、麻衣が石浜を継ぐのは既定路線だと考えていたところが自分にはある。だが、隆一は「四代目を娘に継がせようなどと考えたことはありません」と言い放った。

なんだか拍子抜けしてしまう。

それよりも、墓石を売ることに疑問を抱いている今の自分が石浜を継いだとしても、しっかりとした経営が務まるのだろうか？

雨宮が、「浜尾社長」と言って隆一を見る。「そして、浜尾さん」今度は麻衣に顔を向けた。「おふたりに相談に乗っていただいたおかげで、気持ちの整理がつきました」

深々と律儀に頭を下げると、乗り込んだ車を発進させた。

麻衣は隆一に向き直って、「ガタさんに報告してくるね」と言い、工房に向かう。

石は磨かないと艶が出ない。緒方は電動サンダーを使って、細かいところを手作業で研磨していた。

彼がサンダーを止めると、「どうだった？」と訊いてくる。

「うん――」

麻衣はかいつまんで話をした。緒方は頷きながら黙って聞いている。

「で、お父さん、最後に雨宮さんに永代供養を勧めたんだよ」

それを聞いた緒方が、「えっ⁉」と声を上げた。

遺骨の行き先は墓――それがスタンダードであるというのは、現在では徐々に様変わりしつつあった。これまでの、長男が家の墓を継いで代々守っていくという原則では、カバーしきれないケースが増えてきているのだ。継承者を必要としない、いわゆる〝永代供養〟というタイプの埋葬方法が誕生していた。

「しかし、石屋が勧めるかね、墓石のいらない永代供養を……」

緒方は呆れ顔である。

永代供養とは、墓地を代々使用するための権利――永代使用権とは違う。墓を継承する子孫がいない人のために、遺骨や位牌を境内の納骨堂に合祀し、寺や霊園が保守管理する。この合祀墓の一形態が、永代供養というネーミングでビジネスモデル化されていた。

――「合祀墓、か」というお父さんのひとり言はここにつながるのね、と麻衣は思う。

永代供養という名称には、長く供養してくれるよい墓のイメージがある。少子高齢化の進行とともに、生前から永代供養を希望する中高年も増えてきていた。だからというわけでもないが、墓地を求める人も減ってきている。墓地バブルは、あっという間に終焉を迎えた。

先ほど隆一は、「工場と同様、家の墓などというものに縛られる必要はない。それが父上の、〝自分の墓などいらない〟〝骨は生ごみと一緒に捨ててくれ〟という言葉になったのです」そう雨宮に伝えたあとで、改めて訊いた。

「では、あなたはどうしたいですか？　父上のお墓を建てたいですか？」

　すると彼が応えた。

「はっきり申し上げて、これまで墓のことなど考えもしませんでした。いや、もしかしたら、目を逸らしてきただけなのかもしれません。父にしても、自分にしても、永遠に生きるわけではないのに」

　隆一がにやりとする。

「無理もありませんよ。あなたくらいの年齢の人が、墓について考えるはずがない。それ以外のことで忙しすぎるのですから」

　ほっとしたような表情で雨宮が返した。

「ただこれだけは言えます。私はひとり息子です。結婚していますが、子どもがいません。母もいつかは亡くなります。墓を建てたとしても、管理する人間がいません。とはいえ、いつまでも父の遺骨を実家に置いておくわけにもいきませんし……」

　そこで隆一が提案したのが永代供養だったのだ。雨宮は、母親と相談してみると言っていた。

「社長がそんなことを言い出すなんて、そのうち石屋なんていらない時代がくるかもな」

と緒方がぼやく。

石屋がいらない時代……。それを聞いて麻衣は戸惑った。

「中学の頃にお母さんから、〝普通に仕事をしていけば大丈夫な仕事だから、うちを継ぎなさい〟って言われたの」

「ほほう。で、麻衣は石浜を継ぐ気になったんだ」

「そういうわけじゃないけど……」と麻衣は口ごもったあとで、「それに、ここを継ぐかどうか、お父さんときちんと話し合ったことないし。さっきだって雨宮さんに、〝娘に継がせようなどと考えたことはありません〟って言ってたし」

「まあ、社長はそう口にしながら、麻衣に継いでほしいと思ってるさ」

「そうかなあ」

「ああ。それが代々ここを守ってきた人の考えだ。だがな……」緒方が言いかけて躊躇(ちゅうちょ)する。そして、やはり伝える気になったらしい。「だがな、〝普通に仕事をしていけば大丈夫な仕事〟などとは考えないほうがいい」

「お母さんは、〝お寺とお墓がなくなるなんて考えられない〟とも」

「麻衣が中学の時はそうだったろう。だが、これから先は分からない。いや、もうすでに変わり始めているじゃないか」

変わり始めている……それは確かに。永代供養だってそうだ。

4

二ヵ月ほどが経った秋の夕暮れ時、麻衣が由比ヶ浜霊園の出張所にいると訪ねてきた人がある。

「小西さん」

「お久しぶりです、浜尾さん」

小西さんがほほ笑んだ。

「お元気そうでなによりです」

麻衣はプレハブの外に出ていく。

「夫の墓参りに時々来ていたので、ここに浜尾さんがいらっしゃるのは知っていました。声をかけようと思ったこともあったんですよ」

「そうしてくださればよかったのに」

「お忙しくしていらっしゃると思って。邪魔してはいけないでしょ」

少しも忙しくなかった。出張所に寄っていく人は途絶えがちである。「そのうち石屋なんていらない時代がくるかもな」という緒方の言葉が頭をよぎる。

そこで小西さんが、ぱっと大きな笑顔になった。

「でもね、今日は浜尾さんの姿を見かけたら、どうしても話がしたくなっちゃって」

そこまで言ってから、後ろを振り返る。

「ちょっとこっちに来て、挨拶しなさい！」

少し離れたところに十八、九歳の男子が立っていた。

あれは……髪の毛の色が違っていたし、カットされてこざっぱりしていたからすぐには分からなかった。彼は去年、小西さんのアパートを訪ねた時には金髪だった。

「この子、〝もう学校行く気がないからやめる〟って。それで、工場で働くって急に言い始めたんですよ。自分で勤め先も見つけてきたんで、驚きました。本人が言うには、〝夢の工場なんだ〟って。床屋にも行って、髪を黒くして面接受けてね。今日、採用の通知があったんです。工場、この近くなんですよ」

――「由比ヶ浜にもすごい町工場がありますよ」と雨宮が言っていた。〝夢の工場〟というのは、そこのことだろうか？

小西さんの息子がのろのろやってくると、ぺこっと頭を下げた。麻衣もお辞儀を返す。

「わたし、嬉しくって」と小西さんが言う。「それで、夫のお墓に報告に来たんです。〝あなたが見守っていてくれるからだ〟って」

「もう行くぞ」

彼は照れ臭いのだろう、母親に向けてぶっきらぼうに言い放つと、どんどん歩いていく。

その後ろ姿を見ながら、小西さんがなおも言った。

「ひきこもりだなんて噂する人もいたけど、あの子はただ学校がつまらなくなっただけ。毎日同じことの繰り返しがつまらないって、学校に行かなくなった。長女が出戻ってきて、自分が頑張らないとって思い立ったみたい。姪っ子がかわいいって」

小西さんが、「では浜尾さん、またね」とその場をあとにする。

よかったんだ、という思いを麻衣は抱く。お墓を売ったことは間違いではなかった――そう考えたい。

「浜尾社長から教えていただいた永代供養、いくつか調べてみたんです。それで、実家から便利なお寺に決めました」

雨宮が、隆一に報告する。石浜の事務所に顔を出した彼の表情は晴れやかだった。

「そのお寺に、母も生前墓を契約したんですよ。納骨堂にはたくさんの位牌が並んでいましてね、母のように生前の位牌は戒名が赤いんです」

戒名とは、本来は仏門に入って仏さまの弟子になったという証だ。つまりはお坊さんの名前ということか。

故人に授けられる〝あの世の名前〟としての戒名は、僧侶につけてもらう。その際、戒名料が発生するわけだが、相場は、寺や宗派によってさまざまだ。戒名にはランクがあり、これも宗派によって違うが、男性の場合は上から〝〇〇大居士〟〝〇〇居士〟〝〇〇信士〟のように格付けされているらしい。料金相場は最低ラインで十万〜三十万。最高ランクは六十万〜百万もしくはそれ以上だそう。

「生前の父についてお坊さんに伝えたところ、付けてくれた戒名には〝働〟の文字が入っていました」

永代供養の場合、戒名料も全部の料金にこみこみになっているんだろうと麻衣は推測した。

「とにかく、父の遺骨を納める場所が決まってよかった。気が向けば、私も位牌と話しに行けます」

──「お墓とは、語りかける相手だと思います」麻衣は、佐和田にそう言った。「夫のお墓に報告に来た」と、小西さんが言っていた。雨宮にも、故人と話ができる場所ができたんだ。

雨宮を見送るために、先日と同じように隆一とともに石浜の駐車場に出る。外は大きな夕焼けが広がっていた。

「こんな空の下を歩いていると、ふと町角で父に出会えそうな気がするんです。〝よお〟と声をかけてきて、〝どっか、そこらの店に入るか？〟って。居酒屋でビールを飲みながら、伝えたいことがあります。工作機械メーカーの営業マンとして町工場を回っている時、そこで働いている人たちが目をきらきら輝かせながら加工の話をする姿を見るのが大好きだった、と」

そこから彼は、父親に語りかけるように話し続けた。

「だけど俺、町工場が潰れていくのもたくさん見てきたんだよ。なにしろ現場のルールが適当だし、おカネの管理が下手くそすぎるからな。確かに、日本の製造業の技術レベルは高いと思う。でも、自分の会社の強みを俯瞰的に見て、それをアピールできていないじゃないか。ぜんぜん営業ができていないんだ。俺、このままだと町工場が衰退してしまうって危機感を持った。本気でかかわるなら、俺自身が町工場に入るしかないって決心したんだよ」

はっと気がついたように隆一と麻衣の顔を見やる。

「すみません、なんだかひとりでしゃべっちゃって」

照れたように笑っていた。

「ほんとに、そんなことを父に伝えたいと思っているんですよ」

隆一が黙ったままで頷く。

駐車場の上を、赤とんぼの群れが舞い飛んでいた。

雨宮が、「ありがとうございました」とやはり律儀に頭を下げる。「こんな気持ちになったのも、おふたりのおかげです」

彼の車が走り去ると、麻衣は父に告げた。

「あたし、石浜を継ぐ気でいるから」

すると隆一が真っすぐ前を向いたままで言う。

「この間言ったとおりだ。おまえが石浜を継ぎたいと考えるか、今後ほかの仕事に就くか、それは自由だ」

麻衣は頷く。そうしてさらに言った。

「あたし、お墓を売るだけじゃない。いろんな〝葬る〟について、遺族の方の相談に応えていきたい」

相変わらず隆一は、こちらを見ることはなかった。

「墓石を売らなければ、石屋の商売は成り立たんぞ」

「そうだよね」

しかし自分は、いろんな葬るを石浜で行ってみせる。どうしてよいのかは、まだ分からないけれど。

第三章　桜

1

「日本人の葬送はここにきて大きく変わった」

と緒方が言った。そして、麻衣を見やる。

「変わりつつあるんじゃない。墓や葬儀に関する考え方がいつの間にか大きく変わってしまったんだ」

「ほんとにそう」

と麻衣は実感を込めて応えた。

二〇〇七年（平成十九）五月。その五月は麻衣の生まれ月で、二十九歳になる。二十代最後の年を迎えても、私生活にはなんの変化もなし。仕事ばかりの日々だが、そのお墓というビジネスが変革期を迎えていたのだ。

「告別式って言葉な、明治三十四年に亡くなった思想家の中江兆民の葬式で初めて使われた言葉なんだ。いっさいの宗教的儀式を排すべし、という兆民の遺言に従って命名されたらしい。ところが時を隔てて、たんなる葬式の言い換えになった。まあ、告別式でも葬式でも弔いでもいいが、かつては世間に対して恥ずかしくない式典を執り行うことに主眼が置かれていた。だから〝葬式を出す〟って言い方をしたんじゃないかな」

駐車場の石のベンチに、ふたりで並んで腰を下ろしていた。

「その式典だって、どんどん簡略化されてきてはいた。たとえば通夜がそう。通夜とは、葬儀前日の夜に故人と親しい人がひと晩一緒に過ごし冥福を祈るものだ。しかし、朝までの通夜では負担が大きいので、夕方から二時間程度の半通夜で行うのが一般的になった。仕事のある人は、昼間に行われる葬儀に出席するのが難しい。だから、葬儀よりも通夜のほうが弔問客が多い傾向にあったんだ。一方で、半通夜とはいえ遺族の疲労や経済的負担が大きい。そのため、通夜を行わなくなっていった」

一年でもっとも気候のよい時季かもしれない。昼休みの陽だまりの中にいて、なんとも不釣り合いな話をしていた。

「通夜を行わず、一日で葬儀から火葬までを済ませる一日葬では、通夜振る舞いにかかる飲食接待の費用がなくなる。その分、葬儀費用が抑えられるというわけだ。また、遺族にしてみれば葬儀の前夜に弔問客の対応に追われることもないから、ゆっくり故人との別れの時間が持てる。さらに、高齢だったり、遠方からやってくる参列者のことを考慮すれば、二日にわたって通夜と告別式を行うのはためらわれる。そうしたことからも、一日葬を選ぶことが多くなった。また、繰り上げ法要と名づけて、初七日から四十九日までに行う必要がある法要を、葬儀の日に行ってしまうのはすでに一般化している」

麻衣は無言で頷く。

「だが近頃じゃ、さらに変化した。身内だけで行う家族葬や、告別式をせずに火葬のみを行う直葬と呼ばれるスタイルが増えてきたんだ」

「その背景にあるのは、価値観の変化かな」と麻衣は言う。「人間関係の希薄化。特に故人が高齢化して社会との接点が減っているってこと？」

「遺族が、葬式にそれほどカネをかけられないという経済的理由もあるかもな」緒方が腕を組んだ。「葬送だけじゃない、墓についての考え方も変わった」

うちにとってそこが問題なのだ、と麻衣は思う。

緒方が続けた。

「もう二年前になるのか、雨宮さんの一件の時、〝日本の墓っていうのは、故人が眠る場所というだけでなく、先祖から受け継がれてきた歴史や血筋といった意味合いも含まれている〟というようなことを俺は言った」

「〝先祖が代々眠っている墓の管理や修復は、その子孫たちへと受け継がれていく〟——そういうことだよね？」

今度は緒方が頷く。

「現在の民法では、原則として配偶者以外の相続人は平等に財産を分けることになっている。ところが、旧民法による相続制度『家督相続』では、祭祀財産も含め財産は家督を継ぐ者がいっさいを引き継いだんだ。財産を引き継ぐとともに祭祀を行うことも義務だったわけだ。だが、現在では祭祀財産を引き継いだからといって、祭祀を行うことが義務とされているわけではない。また、祭祀を行うためにかかる費用の分を多く相続できるということもない」

「お墓を受け継ぐ人が曖昧になっているってこと？」

「——というより、家族という形が根本的に変化し、家というものが長く続かないものになっているんだ。男女が結婚し、子どもが生まれる。子どもは進学したのちに就職する。やがて結婚などの理由で家を離れる。そうやって子どもたちが二十歳を過ぎて三十歳くらいになると、ほとんどは家から巣立つ。結婚して子育てが済むまでの三十年ほどでまた夫婦ふたりになり、その夫婦ふたりもその後二十年から三十年の間にどちらかが亡くなって、やがてもうひとりも亡くなる。その時、不動産としての家があって、子どもがその家に住めば家は残るかもしれない。だが、そうでなければ親が死んだ時点で家は消滅する。夫婦が築いた家というものは、五十年ほどで消えていくというわけだ」

そこまで語ってから、緒方がふっと鼻の先で笑う。

「まあ、俺みたいなひとり者に、夫婦が築いた家について云々する資格はないがな。俺なんざ、孤独死、無縁死にもれなくエントリーしてるわけなんだから」

再び自嘲するような薄笑いを浮かべた。

「しかし、子どもたちが〝結婚などの理由で家を離れる〟が、オーソドックスだったこと自体が過去になりつつあるよな。独身のまま家に居続けるというケースも増えている。だからといって、家が存続しているわけではない」

ちらりと麻衣を横目で見やったのは、〝独身のまま家に居続ける〟が気に障ったかどうか確認するためだろう。そして、彼は素早く話題を変えた。

「さっき俺は、〝不動産としての家があって、子どもがその家に住めば家は残るかもしれない〟と言った。一方、墓は土地を購入するものではない。その使用権を購入するもの――つまりは使用料だよな。子々孫々まで使用できるというのが永代使用権なわけだ。では、墓地を返す場合に永代使用料の返金があるかというと、いっさい払い戻しはない。永代使用料は、敷金のように大家に預ける担保とは違うし、土地やゴルフ会員権のように売り買いできるものでもない。それどころか、人気の都立霊園でも年間管理料を五年間滞納すると、使用許可取り消しの対象となってしまう。親族など継承者が見つからなければ、行政手続きを経て、最終的には東京都が墓所を更地にし、遺骨は無縁塚に改葬される」

四年前、永代使用権の抽選に当たった豊川が「やっと念願かなって都立霊園に入れるんだ」と喜色満面で石浜を訪れたのが遠い過去の出来事になっていた。

浜尾家についていえば先祖代々のお墓があって、麻衣もそこに入る資格はある。だが、このまま自分が独身で子どもを持たなければ、跡を継いでくれる墓守がいない。自分が他家に嫁ぎ、その家の墓に入ることになれば、やはり浜尾家の墓を継ぐ者がいない。

こうした事情は浜尾家に限ったことではない。墓の継承者がいなくて、墓じまいする家。墓を建てない家が増えていた。

麻衣はふと口にする。

「ガタさん、うち、従業員（ひと）を増やさなくてよかったね」

「ああ」

薫風（くんぷう）の中で、緒方の声は物憂げだ。

石浜が出した求人に応募はなかった。だが、新たな墓の建立が減り、墓じまいの仕事が多くなった今、従業員を増やすどころではなくなっていたのである。

「でも、あたしはこうも思ってる、いろんな葬るを石浜で行ってみせるって」

だが緒方は、あくまで懐疑的だった。

「それってビジネスになるのか？」

2

霊園にプレハブの営業所を出すよりも、立ち上げた石浜のホームページのほうが問い合わせが多い。事務所でパソコンに向かっていると、机に置いた二つ折りの携帯電話が振動して踊り始めた。麻衣が手に取って開くと、遥からの着信だった。

「今、いいかな？」

と彼女の声が言う。

大空王子へのかなわぬ恋に破れた遥だったが、勢いで参加した婚活パーティーで知り合った相手と年内にゴールイン。一年後に女の子が生まれて、現在は育児休業中である。

「実は、麻衣に頼みたいことがあるんだ」

翌週、石浜に遥の中学時代の二年先輩だという女性が訪ねてきた。それが、遥が電話をしてきた〝頼みたいこと〟である。将来は旅行に関係する仕事に就きたいと早くも考え始めていた遥は、英語を鍛えようとクラブ活動は英語部を選んだ。そこで会ったのが久美子（くみこ）である。中学卒業後は神奈川県に引っ越した久美子だったが、ずっと連絡は取り合ってきた。「お姉さんみたいな存在なんだ」と遥が言っていた。

恩田（おんだ）久美子は硬質な感じの美人だった。だが、その顔は憔悴（しょうすい）しきっている。白いブラウスにグレーのボックスプリーツのスカートという姿だ。

「ご子息のお墓についてご相談があるとか」

久美子を応接室に通した麻衣は、茶托に載せた蓋（ふた）つきの湯飲みをテーブルに置くと彼女の向かいに座る。

「よろしければ、ご事情を伺えますか？」

麻衣に促され、久美子が頷いた。

「息子の名前は一樹（かずき）といいます」

そして、かすれた声でゆっくりと語り始めた。

その日、久美子は一樹とふたりで横浜のデパートに出掛けた。夫、大輔(だいすけ)の誕生日と夫婦の九年目の結婚記念日が近かった。だが、彼にはなにもプレゼントするつもりはない。一樹には、ブロックで組み立てる恐竜のセットを買ってあげた。スイミングのジュニア大会で入賞したご褒美(ほうび)である。

昼はレストラン街で天ぷらと釜飯(かまめし)を食べ、夜はホットプレートで焼き肉にしようと、奮発していつもより高い肉を買った。こうして、休日は一樹と一緒に外出するようにしている。夕食の食卓に着くのは、一樹とふたりきりだろう。大輔は、外食するはずだ。ひとりで、あるいは誰かと……。

夕方四時半頃に帰宅した。久美子が二階のベランダで洗濯物を取り込んでいると、階下の車庫から自転車のハンドルに手を掛けた一樹が出てきた。

「一周だけしてくるね」

こちらを見上げて言う。

春とはいえ、三月は日暮れ近くになると肌寒い。ましてや近所はニュータウンの宅地造成中で、空き地ばかりが広がり冷たい風が吹いていた。

それでも、元気があり余る七歳児を止めるほどの理由にはならないと判断する。誕生日が二月の一樹は早生まれで、四月からは二年生だ。

ひと声かけて息子を送り出した。だが、この判断を久美子は今でも悔いている。

「うん。ちょっとだけ。すぐ帰るから」

そう言い残して一樹は自転車にまたがり、走り出した。

小高い丘を登りきったところに自分たちの家はあった。夏の早朝は、父子でカブトムシ採りをするような緑豊かな環境が切り拓かれ、新しい町に変わろうとしている。町の様相だけではない、自分の気持ちも変わった。だが、離婚に踏み切るのは、一樹がきちんと理解できる年齢になってからと考えている。一樹の判断で自分についてきてほしい。それに一樹を連れて家を出るのを、姑も大輔も許すとは思えない。準備と覚悟が必要だ。一方で、家庭内別居状態の両親の姿をいつまでも一樹に見せていてはいけないと思う。

家の前は長い坂で、学校の行き帰りも友だちと遊ぶ時にも一樹はそこを下って出掛け、登って帰ってくる。久美子は、自転車で坂を滑り下りていく息子の後ろ姿を見送った。坂を下り切った丁字路で、一樹は止まって左右を確認していた。

その後しばらくして、キッチンで夕食の支度をしていると、キィーーーッ!!　激しいブレーキ音がした。

はっとした久美子は、階段を駆け下りて外に飛び出す。

坂の下の丁字路で、一樹が、「痛い痛い」と声を上げていた。見知らぬ中年女性に抱きかかえられている。その女性はわーわー泣き叫んでいた。背後に真っ赤な軽自動車が停まっている。運転席から、久美子と同じ年代の男性が降りるのが見えた。

二世帯住宅の階下に住む姑の悦子が玄関先に立っていて、「救急車！　救急車！」と大声で繰り返している。

久美子は家に戻って一一九番した。すると、すでに近所の人から通報があったとのことである。

再び家を出ると、久美子は坂を駆け下りた。

一樹は、相変わらずわんわん泣いている女性に抱えられていた。

「わたしの子どもです！　わたしの子なんです！」

久美子は女性に向かって訴えるが、聞こえていないようだ。

「頭の後ろが腫れているから冷やしたほうがいい」

先ほど運転席から降りた目の細い男性にそう言われ、急いで氷を取りに行く。戻ると、悦子が女性の横に立っていて、「あんた、一樹を放しなさいよ！　放してよ！」と、きーきー叫んでいた。

男性が、タオルを手にした久美子の姿を見やる。そして泣きじゃくっている女性に向け、

「さあ」と促した。すると女性が、一樹を手放す。

「痛い、痛い」

と一樹は足をばたばたさせた。

久美子は一樹を抱き、後頭部に氷を包んだタオルをあてがう。

「痛い……痛い……」

一樹の声は虚ろになり、目が久美子のほうに流れたかと思うと意識を失った。

頭のケガだ、揺するのは危険だと判断した久美子は、「一樹、一樹」と声だけで呼びかける。

そこに救急車がやってきた。

すぐに人工呼吸器が付けられた一樹と一緒に、久美子も救急車に乗り込んだ。悦子には家に残ってもらう。病院までの道のりが日曜日の夕方で混み合い、救急搬送とはいえなかなか進まなかった。

到着すると、一樹はすぐに救急救命室へ運び込まれ、久美子は廊下でただ待ち続けた。

一時間ほどして大輔が現れた。

「いったいどういうことだ!」

いきなり怒鳴りつけられた。

「おまえが目を離したせいで、一樹がこんな！」

「あなたはどこに行ってたの!?」

久美子も責めるような口調になっていた。

大声で怒鳴り合っていると、「病院ですよ」と通りかかったナースに注意された。ふたりは仕方なく押し黙る。

売り言葉に買い言葉で怒鳴っただけで、大輔がどこに行っていようと構わなかった。たとえ浮気相手と会っていたのだとしても。

高校の同級生だった大輔とは、大学在学中に町で偶然出会って付き合い始めた。高校時代と見違えてきれいになったとか、俺に見る目がなかったとか言われ、押し切られたのだ。高校時代サッカー部で活躍していた大輔は人気者で、女子にモテた。堅苦しい久美子など眼中になかっただろう。ところが、スポーツ推薦で入った大学では、全国から集まった部員たちに交じってレベルの差を自覚させられた。退部することになったが、この挫折感を卒業後に家業で活かせたらと前向きだった。

久美子は大学卒業後、希望どおり小学校の教師になった。しかし、間もなく妊娠していることが分かり大輔と結婚。学校側はびっくりしていたが、産休と育休をくれて一年半後に復職した。

結婚後に二世帯住宅で暮らすようになった悦子は、久美子が学校に戻ることに反対だった。働くなら、家業のクリーニング会社の事務をしろと命じられた。飲食チェーン店の制服のドライクリーニングを請け負うなど、会社は手広い取引を行っている。創業者は悦子の夫であった。夫亡きあとは悦子が会長に就任し、長男が社長を、次男が専務を務める。三男の大輔は営業部長だが、役員扱いではない。その一方で悦子は、末っ子の大輔が一番かわいいと言って、二世帯住宅に住まわせている。なんのことはない、長男と次男は悦子が煙たいのだ。彼らの家族も悦子宅に近づかない。もちろん、長男次男の妻もクリーニング会社で働いていなかった。

一樹を保育園に預け、久美子は教師を続けた。大輔の裏切りは、一樹を妊娠してすぐに始まった。浮気が発覚すると、謝ってもうしないと誓うが、すぐにまた繰り返した。久美子は離婚を考えるようになっていた。

夜八時近くになり、加害者の夫婦が病院にやってきた。現場検証が終わったのだろう。先ほどのふたりの中年男女がそうで、世良（せら）と名乗った。

家がまばらな、あの道を住民以外が通ること自体、不思議に思ったのだ。夫のほうが一樹の容態を聞くわけでもなく、「保険は無制限で入っていますから」といきなり言って寄越す。

なんの用であの道に入ってきたのかと大輔が尋ねると、「国道が混んでいて、迂回(うかい)しようとしたら迷ってしまったんです」と夫が応えた。

妻のほうはただ涙ぐんでいるだけである。

大輔も久美子もこの時、夫のほうが運転していたものと思っていた。

「保険は無制限ですから」

夫が再びそう言い、世良夫婦は帰っていった。

「なによ、あの人！」

久美子は、思わず大声で非難した。

「怒鳴るなよ」

大輔にたしなめられる。

こんなんじゃいけない、と久美子は思った。落ち着かなければ。

どれくらい時間が経っただろう。日付が変わる頃になり医師がやってきた。

「非常に難しい状況です。助かる可能性は二十パーセント。助かっても必ず障害が残ります。脳圧が上がっているため、硬膜下血腫の緊急手術が必要です」

「えっ!?」

久美子には信じられなかった。助かる可能性が二十パーセントって、どういうこと？

深夜の緊急手術が終わり、明け方やっと会えた一樹は病院の用意した入院着姿で目を閉じ、ベッドに横たわっていた。頭は包帯でぐるぐる巻きにされ、口に差し込まれた呼吸器の管が痛々しかった。

「一樹！」

ベッドに取りすがった久美子が、いくら呼んでも応えてくれない。

「寝かせておいてやりなよ」

隣にいる大輔が制した。

「なんでそんなに冷静でいられるの!?」

久美子にはまったく理解できない。

「冷静なもんか！」

強い口調で返された。

「いつもと一緒の寝顔じゃないか」

一樹を眺めながら今度は静かにそう言う。

確かに一樹はいつもの寝顔と一緒だ。

こんなんじゃいけない、と再び久美子は思い直した。ふたりで罵（のの）り合ってる場合じゃない。こういう時こそ、心をひとつにしないといけないのに。それが夫婦なのに。一樹の父親と母親なのに……。だが、お互いの心はすっかり離れてしまっていた。

久美子は、一樹の手や足をさすってやった。とても温かい。少ししたら目を覚ますはずだ。一樹は必ず元気になる。久美子はそう祈っていた。いや、そう信じていた。

一週間後。久美子は学校を休み、病院で寝泊まりを続けている。そして、午前二時過ぎだった。医師や看護師の動きが慌ただしくなる中で、必死に我が子の名前を叫んでいた。医師が懸命に心肺蘇生を続けてくれている。それでも、あっという間に一樹の手足、顔から血の気が引いていった。久美子は一樹の右手をつかんでいる。どこかに行ってしまわないように。

とうとう一度も意識を取り戻すことなく一樹は旅立った。腕の擦り傷は、かさぶたが剝(は)がれて治っているのに、目を覚まさないのが不思議だった。顔は、いつもと同じつるつるのお餅(もち)のようだ。

「お母さん、待(ま)……」医師の制止を振り切り、久美子は一樹を抱きしめ大声で泣いた。一樹の身体からはいろいろなチューブが伸びたままだ。包帯が巻かれた頭の後ろがぺこんぺこんなのを知り、かわいそうで自分の声が絶叫に近くなった。気がふれてしまいそうだった。それなら、それでよかった。

間もなく警察の鑑識係が、一樹の写真を撮りにやってきた。

「交通捜査課巡査部長の天野です」

でっぷりと太った五十代ぐらいの制服警官が名乗った。病室から出るように言われ、放心状態の久美子は椅子に座って待った。

撮影を終えた天野が、「まさか死亡事故になるとはね」誰にともなく言って去っていった。

「七年間の短い生涯の最後、あの子が口にした言葉は〝痛い、痛い〟だったんです」

久美子の声は消え入りそうである。

麻衣は黙っていた。

久美子が続けた。

「告別式には、たくさんの人が弔問に来てくれました。一樹が通う小学校からは、一年生全員が――。仲のよかった三人のお友だちが、代表してお別れの言葉を読んでくれました」

麻衣は、〝告別式〟という言葉を耳にして、緒方が口にしたナカエチョウミンの名前を思い出す。そして、一樹君は二年生になることができなかったのだ、とも。

「一樹を霊柩車に乗せると、姑から信じられない言葉を浴びせられました」

そこで、久美子が口をつぐむ。

麻衣は待った。

彼女が再び唇を開く。

「〝逆縁(ぎゃくえん)の母親は、縁起が悪いから火葬場についてくるな〟と」

「それは違います」

すぐに麻衣は反論する。

「逆縁とは仏教の言葉で、悪行がかえって仏道に入る機縁となることをいうそうです。確かに葬儀の世界で使われる逆縁は、親より子が先に亡くなるなど本来後に亡くなるはずの人が先に亡くなることをいいます。しかし、〝逆縁の母親は、縁起が悪いから火葬場についてくるな〟などというのは聞いたことがありません。亡くなった子の親御さんの悲しみや、やりきれない思いへの配慮、また、目の前で火葬されてしまうことについて精神的に耐えられないのではないかという思いから火葬には立ち合わないという風習が昔ありました。しかし、これはかなり古い風習です。昔は、薪を積んでひと晩かけて火葬しました。その様子を両親に見せるのは、あまりに酷との配慮が起源になっているのではないでしょうか」

久美子は視線を下に向けていた。

「確かに大輔も、そのようなことを言いました。〝おまえには耐えられないから、火葬場には来るな〟と。たとえつらくても、わたしは一樹と最後のお別れがしたかった。でも、かなえられませんでした。火葬場から戻ってきた骨壺を抱いて泣きました。そして決心したのです。この家を出ようと。一樹の遺骨と一緒に、このうちから出るんだ」

彼女が目を上げる。

「葬儀が終わって数日後、わたしはまだ復職はしていませんでしたが、新しい住まいを探すなどの行動に移っていました。物件を内見した帰り、意外な光景が目に飛び込んできました。坂の下の丁字路に警察の人たちが来て、捜査をしていたのです」

「この間の交通事故の捜査ですか？」

久美子は、警官のひとりにそう訊ねた。

「ああ。それがね、被害者が死亡する重大事故になっちゃってね、再捜査ですよ。単なる接触事故だと思ったんだけどなあ」

そう応えたのは、病院で、「まさか死亡事故になるとはね」とひとり言ちていた天野巡査部長だった。鑑識係員は道路をメジャーで測ったり、写真を撮ったりしている。立ち会いといった感じの天野は、退屈そうな表情で話し続けた。

「運転していた女性は、〝自転車に乗った男の子が急に飛び出してきた〟と言ってますよ」

「女性？　運転していたのは男性じゃないんですか？」

久美子は思わずそう口にしていた。

それでも天野のほうは、病院で会った久美子のことを覚えていないようだ。

「夫婦で親戚の集まりに出た帰りらしいんですよ。夫のほうは、〝飲んだんで、妻が運転してたんです〟と」

「確かなんですか、それ？」

久美子はなおも食い下がる。ハンドルを握っていたのが夫なら、飲酒運転じゃないか！

「確かもなにも、そう証言しとるんですから。それにね、飛び出すんですよ、あのくらいの齢の男の子っていうのは」

「一樹は飛び出したりしません！」

そこで天野も相手が誰か分かったようで、ばつの悪そうな表情になった。

「うちの子は――一樹は慎重な子なんです。あの日、出かけて行く時も、坂を下り切ったところで一時停止して、左右を確認する姿を見てます」

そう主張する自分を、天野はただの親バカだと思ったかもしれない。しかし、かまうものか！　自分が必ず一樹の仇を討ってやる！

するとその晩、世良夫婦が保険会社の社員と自宅に来た。大輔とともに玄関先で会うと、いきなり示談交渉を始めた。

「丸く収めてください。そちらにも過失はあります。息子さんは突然飛び出して来たんですよ。うちにも八歳と六歳の息子がいます。自転車に乗っていても歩いていても、よく車の前に飛び出して冷や冷やしているんです」

と夫。

運転していたという妻のほうは事故の日は泣いてばかりだったが、一転して口調がふてぶてしかった。

「左のほうに行けば、もとの国道に出られると思っていたのよ。それで、左を気にしてた。わたしたちが気づいた時には、車の前に自転車がいたの。自転車のペダルと車のナンバープレートがちょこんと当たっただけなんだから」

〝ちょこんと当たっただけ〟でこんなことになるものか！

「〝わたしたちが気づいた時には〟と言いましたよね。運転していたのは、本当に奥さんなんですか？」

久美子の言葉に、夫がむきになる。

「なにを言うんだ⁉」

「わたしはあの時、ご主人が運転席から降りるのを見てるんです」

「妻が車を離れ、倒れている子どものところに向かった。サイドブレーキも引いておらず、シフトもドライブに入ったままだったから、助手席にいた私が車内で運転席に移った。それで車を脇に寄せたあと、運転席側のドアから降りた。あんたはそれを見たんだろう」

　この夫婦には、子どもひとりを死なせてしまったという自覚があるんだろうか？　口から出るのは自分たちを守るための釈明ばかりで、詫びのひとつもない。

　ふたりが帰ると大輔に諭された。

「あんなことを言うべきでなかった」

「なにが？」

「〝わたしはあの時、ご主人が運転席から降りるのを見てるんです〟だよ」

「やっぱり運転してたのは夫のほうよ！　飲酒運転だったんだわ！　それを隠そうとして、あんなにむきになったのよ！」

「だとしてもだ」と、大輔がなおも言い聞かせるように話し続ける。「こちらからああした情報を与えれば、向こうはなにか裏工作に出るかもしれない」

「それならあなたのように、ただ黙って相手が口にすることを聞いていればよかったって言うの？」

久美子は皮肉な笑みをぶつけてやった。

「なんだと！」

「とにかく！」と久美子も叩きつけるように返した。「このままだと一樹が飛び出したことが、事故の原因にされてしまうのよ！」

「その可能性はないのか？」

大輔の言葉に耳を疑った。

「一樹が飛び出したって言うの？」

「……」

彼が押し黙る。

「わたしたちが信じてやれないでどうするの？」

「そう……だよな」

おぼつかない口調である。それも久美子には気に入らなかった。この人は頼りにならない。しかし、そんなのはとっくに分かっていた。そして、どんな話し合いをしたところで一樹は戻ってこない。だったらどうする？

「そう、仇討ちをするんだ！」

久美子が突然大声を上げ、麻衣はひどくびっくりした。

「それしかない。あの赤い車をめちゃくちゃに壊してやる。そして、世良夫婦を殺してやりたい」

彼女の目が据わっていた。か細い声で話していたのとは打って変わり、しっかりとした口ぶりである。

「返り討ちにあったり、殺人犯として捕まることは恐れていない。刺し違える覚悟なのだから、相手を殺せるかも。あの開き直ってずぶとい女の顔に、刃物を突き立ててやりたい。きっと、はしたなく泣き叫ぶに違いない。男の目をえぐってもいい。いや、あのふたりをただ殺すのでは飽き足らない。自分と同じ苦しみを味わわせるのだ。ふたりいるという息子を殺してやろう。ふたりとも殺せたなら本望だが、せめてどちらかひとりでも……」

久美子とは年齢が近いが、麻衣には子どもがいない。自分の子を失うというのは、人の心をここまで追い詰めるのか？

一点を見据えていた彼女が、ゆっくりとこちらに目を向ける。

「そこまで考えて、わたしは自分が恐ろしくなりました。子どもを殺す……そんなことを真剣に考えている。わたしは小学校教員なのに」

麻衣はやりきれなかった。

彼女は、また弱々しい声に戻っている。

「わたしは一樹と一緒に家を出ました。大輔が留守の時に、まさに骨壺を抱いて家を出たんです。署名した離婚届と一緒に残した手紙に、世良夫婦との交渉のいっさいを大輔に委(ゆだ)ねることを書き残しました。〔どんな結論になっても、構わないから〕と。そうでもしないと、自分がなにをしでかすか分からなかったんです」

久美子は、一樹の骨壺とアパートで暮らし始めた。教師の仕事にも復帰した。久美子は四年生の担任だったが、クラスの生徒全員が彼女を慰め励ましてくれた。

「ある日曜日、携帯に大輔から電話が掛かってきたのです。わたしは、一樹の遺骨を返せと言うに違いないと警戒しました。ところが大輔は、〝今日はおふくろが留守にしているから、必要な荷物を取りにくるといい〟と教えてくれたのでした。〝俺も家にいないようにするから〟と。一方で、姑も大輔も、生きている一樹には関心があっても、この世を去ってしまうと執着しないのだと知りました」

彼女が小さく息をついてから言う。

「わたしは、一樹の遺骨を夫の家の墓に入れたくなくて連れ出しました。でも、あとのことはなにも考えていなかったのです」

「つまり、一樹君のご遺骨の埋葬について考えていらっしゃらなかったと?」

久美子が頷く。

「一度は嫁いで家を出たわけですし、わたしは実家のお墓に入るつもりはありません。実家には兄もいます。わたしとしては、一樹の遺骨と一緒に暮らしてもいいと考えていました。けれど、大輔からまた連絡があったのです。示談交渉が進まない中で、相手はこう約束したそうです。〝毎週日曜日には、必ずお墓参りをする〟と。だから、一樹のお墓が必要になったんです」

それを聞いて、麻衣は違和感を覚えた。一樹の遺骨と一緒にいたいと考えていたはずなのに、加害者に掃苔させるためにお墓を建てるんだ、と。

違和感を抱きつつも尋ねてみた。

「どのようなお墓を、お考えですか？」

「石材店の浜尾さんにこのような希望を申し上げるのは心苦しいのですが、いわゆるお墓を建てるつもりはないのです」

「つまり、墓石は必要ないということですね？」

すると久美子が、遠慮がちに返す。

「一樹のためになら、大きなお墓を建ててもいいです。けれど、わたしが死んだら、墓を守る者がいません」

ここにも、緒方と話した現在の墓事情があった。

「それに、わたしがお墓の管理ができなくなるのはもうすぐかもしれませんし」

「どういうことですか？」

彼女は、麻衣の問いには応えず、さらに言った。

「相手がきちんとお墓参りをしたかどうか、それを確認できる形にしたいんです」

「つまり、墓石のない息子さんの墓地が欲しいと、そういうことですね？」

「都合のいい考えであるのは分かっています。けれど、なんとかならないでしょうか？」

「心当たりがあります」


麻衣が久美子を案内したのは由比ヶ浜霊園だった。駐車場に石浜の社用車を停め、霊園の一画へと向かう。

「ここは……」

青々とした芝生の広場に点々と樹木が植わっている。桜の木で、こちらも新緑が目に眩しかった。初夏の風が枝葉を揺らして吹き抜けてゆく。

「樹木葬の霊園地区なんです」と麻衣は説明する。「シンボルツリーの下に、複数の遺骨を埋葬する葬法になります」

桜の木の周りを花壇のような盛り土が八角形に囲んでいる。八角の各辺に四つずつの小型の石のプレートが置かれていた。

「自然に還る素材でつくられた骨壺を使う場合もありますが、こちらでは一メートルほど掘り下げた土中に、お骨をそのまま埋めて土をかぶせていきます。一本の桜の木を中心とした一種の共同墓です」

「共同墓……」

その声には、わずかに抵抗が感じられた。

しかし麻衣は、きっぱりと返す。

「それだけに、お墓の継承者を必要としません」

「なるほど」

「そして、ご覧ください」プレートの墓碑を示した。「花立てと香炉があるので、お墓を参った人がいるかどうか分かりますよ」

久美子がこくりと頷く。

「ここに決めます」

即答され、麻衣は驚いてしまった。

「なるべく早くお墓を用意したいんです」

そのあとで、今度はひとりささやく。

「また嘘をついたら、今度こそ……」

夏の蝶が、影を失うほどに高く舞い上がった。影は、久美子の瞳の奥にあった。


「樹木葬は墓石を建立しないから、その分の費用がかからない。それに樹木葬の区画の管理は霊園側が行うから、継承者も必要としない。まさに、社会や家族が変わる中で注目される埋葬方法だな」

緒方が言うと、麻衣のグラスにビールを注ぐ。浜尾家のダイニングで、隣にいる隆一は黙ったまま空豆を口に運び、ビールを飲んでいた。

向かいに座った緒方が続ける。

「墓地として許可を得ていない土地に木を植え骨を埋めて樹木葬を謳い、販売している業者もある。許可を得た墓地であれば、将来ほかの用途に転用される心配はないが、許可を得ていない土地では将来の保証はない。認可された墓地であるかどうかの確認が必要だ」

「恩田さんに紹介したのは、由比ヶ浜霊園の樹木葬だから」

麻衣は返した。

すると緒方が、今度は呆れたように不平を述べる。

「それにしても、石屋が樹木葬を紹介するとはな。以前、社長が永代供養を勧めたことがあったが、どうなっちまうのかね」

「時代が変化する中、あたしたちは葬儀のあり方、埋葬の方法を見つめ直す時期にきているんじゃないかな」

麻衣は言ってみた。それこそが、いろんな葬るを石浜で行うことなのだろう。

緒方がビールをほんの少し啜った。

「もはや形骸化した宗教儀式に大きな費用を払い、墓に縛られるような葬り方をいつまで続けていいものか……ってか？」

「ううん、葬り方が多様化してるってことなんだよ」

今度は緒方が、小さく幾度か頷いていた。

「墓で遺骨を納めるカロートな、経巻や衣類を入れる唐櫃が語源だって説がある。あとな、がらんどうから来てるって聞いた覚えがあるんだ。あの空洞に遺骨を残して墓に埋葬する方法だと、故人はいつまでも自然に還ることができないかもな」

すると、それまで黙っていた隆一が口を開いた。

「墓は、確かに葬られる側のものだ。しかし、葬る側のものでもある。墓があるから、故人と向き合えるんだ」

そこに曜子が、ジャガイモとベーコンのバター炒めが載った皿を持って現れた。細切りにしたジャガイモのしゃくしゃくした歯触りと、ベーコンの脂に胡椒がよくマッチする。曜子は、こうしたビールのアテを手早くこしらえてしまう。

「議論が伯仲してるみたいね」

皿をテーブルに置きながら言った。

「奥さんはどう思います?」緒方が問いかける。「もちろん、浜尾家の墓に入るつもりなんですよね?」

しかし曜子はなにも応えず、静かな笑みをたたえているだけだった。

3

翌年の二〇〇八年(平成二十)四月、麻衣は久美子に呼び出され由比ヶ浜霊園を訪れていた。もちろん子どもを失った彼女の悲しみには同情する。一方で、久美子の言動には理解しかねるところがあって、胸騒ぎがした。

「隣に、自分のお墓も用意したんです」

久しぶりに会った久美子は、まるで憑き物が落ちたかのようだった。

〔恩田一樹〕という墓碑の隣に、文字の刻まれていないプレートがあった。そこに、桜の花びらが舞い降りる。樹木葬の区画に点在するシンボルツリーの桜は、風に吹かれ花吹雪を散らした。

「一樹の仇を討つという考えが恐ろしくなって、わたしは世良夫婦との接触を避けました。それなのに向こうは、事故を起こした日曜日に一樹の墓参りをするなどと言ってきたのです。だからこうして墓をつくった。もしも嘘だったなら、今度こそ……今度こそ殺してやる」

麻衣は息を呑んだ。花散らしの風が冷たく感じられる。それであの時自分が感じた違和感や、彼女がささやいていた言葉の意味が分かった。

「一樹の墓の区画番号は、大輔から相手に伝えてもらっています。わたしは毎週日曜日の夕刻になると、ここにやってきました。でもいっこうに、墓参りした形跡はありません。それが、お墓をつくって一ヵ月が経った日曜日でした。花立てに花があり、香炉に燃え尽きた線香があったのです」

久美子が当時を振り返り、感極まったように目を閉じた。

「あんな人たちでも嘘をつかなかった。本当に墓参りする誠意を見せたのだ。だから、わたしも今度は真正面から戦う決意をしました。加害者を起訴するため検察官に上申書を提出することにしたんです。その打ち合わせのために、久しぶりに大輔に会いました。すると大輔が、思ってもみなかったことを言ったのです。〝樹木葬っていいものだな〟と。わたしは、はっとしました。墓参りをしたのは世良夫婦ではなかった。大輔だったのです。なおも大輔が、〝一樹の名前に合っているじゃないか〟と言うのを聞きながら声を上げて笑ってしまいました。世良夫婦を信じた自分のバカさ加減に呆れていたのです。〝なにがおかしい！〟と大輔は怒っていましたが、わたしは笑いが止まりませんでした。笑いながら泣いていました」

久美子の閉じているまぶたから涙がこぼれた。それは彼女の頬を伝い落ちる。

「わたしは、ただ自分の感情に支配されていたのです。しかし大輔のほうは、車を運転していたのが夫のほうだったことを証明するため、地道に目撃者探しをしていました。張り紙をし、近所中を聞いて回っていたのです。意外でした、彼がそんな粘り強い行動に出るなんて……。彼が、一樹を愛していなかったとは言いません。しかし、それはあくまで生きている一樹に対しての愛情だと思っていたんです。愛情というより、家業の担い手だという認識ゆえだと。なにもかも、わたしは浅はかだったのです」

久美子が涙に濡れた目で、真っすぐにこちらを見る。

「夫のほうが運転していたのを目撃した人は現れませんでした。真相は分かりません。ただ、これだけは言えます。一樹は決して飛び出したりしていない」

「上申書とは、刑事裁判に訴えるということですよね。提出されたんですか？」

「はい。でも、棄却されてしまいました。嫌疑不十分で不起訴になったのです。つまり、事故の原因は一樹の飛び出しと決めつけられてしまった。こちらが依頼した弁護士からも、〝証拠もないし、もしかしたら飛び出したかもしれない〟と言われる始末でした。〝代理人なのに信じてもらえないんですか!?〟とわたしは食ってかかりました」

久美子は涙を拭かなかった。しかし、その顔には決意があった。

「一樹の無念を晴らすのが、本当の仇討ちだと悟りました。まだ民事訴訟があります。亡くなった者のために戦い続ける——そういう葬り方もあると思うんです」

麻衣はここにやってきた時にしたように、再び一樹の墓の前でしゃがむと手を合わせた。

「わたしが気持ちを取り戻せたのは、浜尾さんに樹木葬を教えていただいたおかげです」

彼女が言った。

石浜に戻ると事務所で隆一と曜子に、久美子の件を伝えた。

樹木葬の桜について話題にしたら、「そういえば、花見に行っていないわね」と曜子が言い出す。

明日火曜日は、石浜の休業日である。

「お花見行こっか？」

麻衣は提案した。

「行きましょ、行きましょ」

曜子がはしゃいで同意する。

「ふたりで行ってきな」

と言う隆一に、「あら、そんなこと言っていいの？　お花見弁当こしらえるのに」と曜子が返す。

「俺はいいよ」

と、あくまで面倒臭そうな父に、曜子と麻衣はわざと冗談めかしてあてつける。

「ふたりで行って、おいしいもの食べましょ。折り詰めに、ビールの肴をいっぱい入れて。唐揚げとかね」

「あ、卵焼きも」と麻衣は父のほうをちらりと見てから言ってやる。「おむすびにする？　それともサンドイッチ？　おむすびがいいな。桜海老（さくらえび）と枝豆の炊き込みご飯のおむすび。お母さんの得意なあれ。小さいおむすびをたくさん持っていくの」

しかし花見に出かけることはなかった。そしてこのやりとりは、浜尾家三人での最後の明るい風景となる。

その晩、曜子は突然背中の痛みを激しく訴え、救急搬送されたのだった。

第四章　大空ツアー

1

「急性リンパ性白血病です」

その病名がうまく受け入れられなかった。続く医師の宣告に、さらに混乱してしまう。

「このまま治療をせず放置すれば、余命は週単位です」

週単位ってどういうこと⁉　いつ死んでもおかしくないっていう意味⁉　麻衣には信じられなかった。

昨夜救急搬送された市民病院の検査で、曜子の血液中の白血球が異常に増加していると言われた。そして今日、横浜の大学病院に転院し、精密検査を受けた。結果は、本人だけでなく付き添った隆一と麻衣も呼ばれ聞かされたのだった。

曜子は気丈な表情で医師と向き合っていた。血液内科の診療部長だというその医師は、むしろ本人よりもうろたえている家族を落ち着かせるように言う。

「白血病は治らない病気ではありません」

そして、今後の治療計画を丁寧に説明してくれた。曜子はそれに対していくつか質問し、医師がまた丁寧に回答した。

「あらゆる手を尽くし、最善の治療にあたります」

医師の言葉に、少しだけ安心した麻衣は訊いてみる。

「病気の原因はなんなのでしょう？」

「急性リンパ性白血病（ALL）は健康な人に発症し、発病の原因は不明です。骨髄にある造血細胞が正常な能力を失い、異常な血球が無秩序に増殖する病気です」

一番ショックを受けているのは隆一のようで、ひと言も口をきかなかった。曜子はそのまま入院し、隆一と麻衣は帰宅した。電車でも隆一は無言のままだった。しかし麻衣は、そう遠くない母の退院を信じて疑わなかったのである。車窓から見えるビルとビルの間の夕陽が、悲しく美しい。

治療は想像以上に過酷だった。抗がん剤の副作用がこれほどだとは……。髪は抜け落ち、嘔吐に苦しみ、曜子の姿はみるみる変わっていった。

隆一と麻衣は仕事の合間を見て、交替で曜子に付き添った。

曜子の体調がいい時、麻衣は明るい話題で元気づけようとした。しかし医療用帽子を被(かぶ)って横たわる曜子は、「生きてここから出られないかも……」と気弱にもらすのだった。

「そんなはずないでしょ」

麻衣は、爪が真っ黒になった母の手を擦(さす)る。

「死んだら、わたしの骨を鎌倉の海に撒いて」

意外なことを言い出した彼女の目を覗き込んでしまう。意識が混濁しているのでは、と疑ったのだ。だが曜子の瞳は、真っすぐにこちらを見つめている。いつも眼鏡越しに見ていた母のくりっとした目の下には、くまができていた。

「散骨するっていうこと？」

麻衣の問いかけに、しっかりと頷く。

「わたし、どこにも行かなかったから。お父さんはあんなで、一緒に旅行なんてこともなかったし。海外にだって行ってみたかったな」

「退院したら、行けばいいじゃない」

「無理よ」

そっと笑みを浮かべた。

「お母さん――」

――なにを言ってるの、と続けようとしたが言葉が出ない。どうしてだろう？　さっき曜子が口にした「生きてここから出られないかも……」に同意したわけではもちろんない。でも、口先だけの励ましばかり重ねるのも嘘臭く感じられたから。それより今は、母の希望を聴こう。

「べつに浜尾のお墓に入るのが嫌だって言うんじゃないの。でも、海に骨を撒いてもらって、自由になりたい。海に撒いてもらったら、どこにでも行けるでしょ」

「散骨なんて、お父さんは反対するだろうな」

「もう話した」

曜子は病室の天井を向いていた。

「お父さん、なんて言ってた？」

「驚いて、黙ってた」

「そう」

曜子が、麻衣のほうに顔を向ける。

「だから、こうやってあなたに伝えてるんじゃないの」

麻衣は、擦っていた母の手を握った。

「分かった。あたしが、お母さんの希望をちゃんとかなえる」

「お願いね」

すると、背中が痛いのか顔をしかめ、わずかに身をよじらせる。

そんな母に向け、麻衣はさらに告げた。

「約束した。だから安心して、治療を続けて」

曜子が懸命の笑顔を麻衣に見せる。

夏が近づいた頃だ。骨髄バンクの登録者で曜子と白血球の型(HLA)が合うドナーが見つかったという知らせがあった。

これで助かる！　麻衣は確信した。

白血病は、造血幹細胞移植で完治することができる。しかし、移植をするには、患者と提供者のＨＬＡが適合しなければならない。その適合率は兄弟姉妹で四人にひとりと言われ、麻衣の血液も調べたが不適合だった。血縁関係がないと数百人から数万人にひとりの確率とされている。そのドナーが見つかったのだ。きっとこの奇跡が、母を治してくれるはずだ！

移植は九月に決まり、準備が始まった。造血幹細胞移植は、移植前処置と幹細胞輸注からなる。

曜子は移植の一週間前から無菌室に入り、移植前処置が行われた。移植前処置の目的は、造血幹細胞移植の前にがん細胞をできるだけ壊滅させること。そして、ドナーの細胞を拒絶せず受け入れられるように免疫力を低下させることだ。そのため、大量の抗がん剤や全身放射線照射による処置を受ける。

大阪の男性としか聞かされていないドナーの善意で提供された骨髄液は、輸血と同じように点滴で血管内に送り込まれた。

その後の日々は、まさに地獄だった。移植前処置の強い化学療法が人体に与える影響を、麻衣は目の当たりにさせられた。口内炎が唇から食道にまで広がり、壮絶な痛みに身もだえ胃に溜まった胆汁を上げる母の姿だ。

二ヵ月ほどで無菌室からは出たが、曜子の体力は回復しなかった。ひどい倦怠感に日夜襲われ、「早く死にたい」とまでもらす。この世に生を受けた者に、〝死にたい〟と言わせる病気を麻衣は憎んだ。

その年は悲しいクリスマスになった。医師に呼ばれた隆一と麻衣は、曜子の血液中にがん細胞の再発を確認したと告げられたのである。

「残念ですが、これ以上打つ手はありません」

――「あらゆる手を尽くし、最善の治療にあたります」と言ってくれた医師から、無情にもそう言い渡されてしまった。麻衣は、絶望という感情を初めて抱く。

「女房は、あとどれくらい生きられるんでしょう?」

隆一の問いに、「おそらく、あと一ヵ月」と医師が応えた。

その余命を曜子に伝えるのは、あまりに残酷である。隆一と話し合い、黙っていることに決めた。しかし母はなにかを悟ったようで、麻衣とふたりの時には、「あの約束、お願いね」と何度も確認するのだった。

ある日、曜子から封筒をひとつ渡された。定形の郵便封筒だが、宛先などは書かれていない。

「お父さんに渡して。わたしが死んで一年近く経ってから。その頃なら、お父さんも落ち着いているだろうし」

麻衣は黙って頷いた。

翌年、二〇〇九年(平成二十一)一月、医師に告げられた一ヵ月後に曜子は目覚めることのない眠りについた。五十四歳は、あまりに若い。

最期が近づいた時、薄目をあけた曜子は混濁する意識の中で、「影がね、し・ろ・い・

か……げ……」とうわ言のように呟いた。

葬儀には多くの人が集まってくれたが、そのほとんどは隆一の仕事関係者だった。父は、苦しんで亡くなった母のため、少しでも大きな葬式にしたかったのだと思う。だが、それを眼前にしてしまうと、ますます母の願いが浮き彫りになるような気がした。こんな、自分とは関係ないような葬式を、曜子は望んでいないはずだ。

隆一は四十九日の法要を待って、浜尾家の墓に納骨するつもりだ。葬儀が終わると、麻衣は曜子の遺骨を海洋散骨したいと伝えた。

「なにを言い出すんだ、おまえは⁉」

父は珍しく大きな声を出した。

「お父さんも聞いてるでしょ、お母さんの口からそうしたいっていうのを」

「石屋の女房が、どうして墓に入るのを嫌がる⁉」

「お墓に入るのが嫌なんじゃなくて、散骨してほしいっていうお母さんの希望なの。あたしは、お母さんに頼まれた。そして、必ずそうするからって応えたの。最後まで病気と闘ったお母さんの願いが、お父さんは聞けないっていうの？」

隆一は黙り込んでしまった。きっと曜子が散骨の件を伝えた時にも、こんなふうに黙っていたのだろう。

「一般庶民が石の墓標を建てるようになったのは、江戸中期頃だといわれている。とはいえ、権力と富を持つ一部の層だけで、多くの庶民は土饅頭（どまんじゅう）を築いて木の卒塔婆を立てるだけだ」

緒方が、麻衣に向けて言う。曜子の葬儀で彼は、人目もはばからず声を上げおんおん泣いた。「奥さんのビールのつまみ、うまかったよぉ」と。ふたりで工房にいる。四十九日を過ぎても納骨しないわけを、彼に伝えにきたのだ。隆一は、きっとなにも言わないだろうから。曜子の遺骨は浜尾の墓に納めることもなく、さりとて隆一からの散骨の承諾も得られず、骨壺のまま仏間に置かれていた。

「代々の墓というと、古くからのご先祖さまが眠っているように感じられるが、多くの家ではせいぜいが三代ほどだ。それ以前は、村外れなどに土葬されていた。あるいは遺棄された」

「遺棄って、捨てるってこと？」

曜子が散骨を希望していたのを話したら、例のごとく緒方が蘊蓄（うんちく）を傾け始めたのだ。

「遺骨の処理に困って電車の網棚（あみだな）に置いてゆく、こういうのが本当の遺棄、置き去りだろうな」

「あ、それ聞いたことある。骨壺も一般的な忘れ物と同様の取り扱いで、一定期間保管して警察へ引き渡されるって」

「まったく死体遺棄にあたる犯罪だ」

と緒方が憤る。そのあとで、「話を戻そう」と言った。

「古代・中世では野原に遺骨が散らばっている風景が見られたが、これは遺棄葬——野捨てだ。死体を地中に埋めずにさらして、風化させる葬法。風葬だな。そして、これに近い葬法が、樹木葬、散骨などの姿で現代に復活し始めているわけだ」

「ああ、そこでやっと散骨に行き着くわけね」

緒方が頷く。

「麻衣が恩田さんに勧めた樹木葬も、奥さんが希望してる散骨も、いわば自然葬だ。焼骨の主成分は、リン酸カルシウムという無機物で、土や海に撒かれると、土壌や海水に含まれる酸によって比較的早く分解される。人間の身体の成分は土や海で育った食物を通じて摂取したものであり、これを再び海や土壌に戻すことは、物質循環を回復する点で理にかなってるのかもな」

そこで彼が、改めて麻衣に顔を向ける。

「ところで、社長が散骨を渋ってることだけどな、石屋の女房だから墓に入るのが当然と、そこにこだわってるわけじゃないはずだ」

「だって、お父さんはそう言ったよ。〝石屋の女房が、どうして墓に入るのを嫌がる⁉〟って怒鳴った」

「社長が怒鳴るなんて、珍しいこともあるもんだな」

麻衣も同意して頷いた。

緒方は感慨深げな表情で無精ひげに覆われた顎を撫でていたが、「しかし、散骨に反対する理由は、石屋だからどうのってことじゃないな」とやはり否定する。

「俺は、以前に社長が口にしてた、墓は葬る側のものでもあるという言葉に理由があるような気がしてる。〝墓があるから、故人と向き合えるんだ〟ってところにな。社長は、奥さんが亡くなって悲しいんだよ。だから怒鳴ったりしたんだ」

「八つ当たりってこと？」

「まあ、麻衣には気の毒だがな」

「そんなのってある？　お母さんがいなくなって、悲しいのはあたしだって一緒だよ」

「散骨することで、奥さんと向き合う場所がなくなってしまうと社長は考えてるのかもな」

2

「民事裁判にあたって、久美子さんは日本交通事故鑑識研究所に工学鑑定を依頼したの」と遥が言った。「ちょっと待って、メモ出すから。あんたに会うって伝えたら、〝詳しく伝えてほしい〟って久美子さんから言われたんだ。〝浜尾さんには、とてもお世話になったので〟って」

麻衣は頷いた。

遥が、取り出したメモを眺める。

「加害者の車の速度は現場のタイヤ痕の長さから見て、時速三十キロ。一方、衝突後の自転車の移動方向から見て、一樹君の自転車の速度は十キロ程度と推測される、と。衝突したあと、自転車の撥ね飛ばされた距離が大きいことから、交通事故現場見取図の地点は誤り。衝突位置はタイヤ痕の始め付近と推定される」

「つまり、警察のミスだと？」

麻衣が言うと、彼女が頷いた。

「簡単すぎる現場検証は、被害者が死亡するという重大事故になるとは思わなかったってこと。警察の初動捜査の誤りだろうと鑑定士の先生が言ってたみたい。一樹君が乗った自転車を加害者が発見した位置を考えると、発見遅れは明白だって」

麻衣が聞いた久美子の話でも、天野という巡査部長が「まさか死亡事故になるとはね」ともらしていたと。

「で、民事裁判はどうなったの?」

麻衣は、話の先をせかす。

「それがね」

と遥が続けた。

民事裁判は、損害賠償請求が目的である。一樹の命は〝起訴物の価格〟として扱われる。しかし久美子の思いは、どちらがどれだけ悪いかをはっきりさせたいだけだった。そして、ただ一回の口頭弁論が行われた。まず原告として久美子が尋問を受けた。そして、被告である運転していた妻の番になった。

事故から二年ぶりに見た被告は、刑事罰は不起訴になり、自分は悪くないという態度で開き直っていた。始終ふてくされたように足を組んだり、証言台に肘を突いたりしていた。まるで、運転していたのは自分ではないと言いたいかのようである。その一方で傍聴席にいる夫のほうは、赤い顔をしてずっと下を向いていた。やっぱりそうなんだ！　と久美子は確信した。運転していたのは夫のほうで、妻は身代わりにされたことにいい加減嫌気がさしているんだ。

被告は代理人からの質問に対して、分からない、覚えていない、と曖昧な返事でとおした。それを見て、傍聴席にいる大輔が、「人を殺しておいて、なんて態度だ！」と怒鳴った。裁判官が、「静粛に」とたしなめたあと、今度は証言台のほうに視線を向ける。そして、「被告は態度を改めるように」と注意した。その一言に、久美子は少しだけ溜飲（りゅういん）が下がる思いだった。

裁判は終結し、判決が言い渡された。一樹と被告の過失割合は、一樹が二割、被告が八割とするのが相当であるという判決だった。

「一樹君にも責任があるって言うの？」

と麻衣は不平を述べる。すると遥が言った。

「一樹君が自転車に乗っていたから、これ以上は望めそうにないんだって。自転車は軽車両扱いだから。でも久美子さんは、〝いい結果かな〟って言ってた。〝最初は飛び出し事故にされてたんだから〟って。〝一樹もきっと許してくれると思う〟って」

ついに久美子さんは、一樹君の仇を討ったんですね──そう麻衣は思う。

十月の休日の午後、遥と横浜中華街で会っていた。ふたりでよさそうな店を選んで入り、前菜のくらげの和え物と蒸し鶏でビールを飲む。その後は紹興酒にして、海老のチリソース煮や蒸しパンを添えた豚の角煮に舌鼓を打った。

店を出ると、「もう一軒行かない?」と遥が言う。三歳になった娘は、今日は夫が一緒に留守番してくれている。彼女は羽を伸ばしたいのだ。そろそろ育休を終え、大好きな添乗の仕事を再開したいと考えているらしい。

黄昏(たそがれ)が近づく横浜の町を、港に面したクラシックホテルに向かってぶらぶら歩く。重厚な歴史的建造物である本館正面から入り、一階にあるバーのカウンターに並んで座った。

「お母さんのこと、大変だったね」

と遥がいたわってくれる。

「葬儀の時は来てくれてありがとう」

麻衣は返したあとで、「それがね」と、母が亡くなって九ヵ月近くになる今も、骨壺が自宅仏間に置かれたままであることを伝えた。

「うちの職人さんが言うには、散骨してしまうと、母と向き合う場所がなくなってしまうと父は思い込んでるんじゃないかって。あたしのほうは散骨するなら自分の手でしたいと考えて、船舶免許を取ったんだけどね」

「船の免許って、思い立って取れるものなの？」

遥が驚いていた。

「一級小型船舶なら、海上法規、船の構造なんかの座学を三日、実技を一日受ければ免許は取れる。あたしは江の島の教習所に計四日通って取った」

「麻衣って行動力あるんだね」

と感心されてしまう。

「散骨は、母の遺言なんだもの」

遥が、麻衣に顔を向ける。

「お母さんと向き合う場所がなくなってしまう、お父さんはそう考えているんじゃないかって言ったね」

「ガタさんは、そうじゃないかって」

「ガタさんて、あの芸術家みたいな人？」

「うん」

と、麻衣は頷く。遥は学生時代、何度か麻衣の家に遊びにきていた。曜子の手料理も食べている。

遥が少しなにか考えているふうだった。そうして、言った。

「亡くなった人と向き合うっていえば、こんなことがあったんだ。もう前だけど、ツアー試験の話をしたの覚えてる？」

「ああ、そんな話してくれたね。確か、大空王子と運命的な出会いをしたバスツアーだよね」

すると遥が笑って、ロングカクテルグラスのジントニックを飲んだ。

「結局、そっちは運命ではなかった。だけど、大空観光に入社を決めたという意味では、運命のツアーではあったんだ」

そして、彼女は語り始めた。


徹底した地元密着主義を誇る大空ツアーは、区内にある四ヵ所の乗車場所を順番に回って客を乗せていく。添乗員の名取美礼は鹿のようにしなやかな肢体（したい）をパンツスーツに包んでいるが、遥はパーカーにデニム姿である。新しい客が乗るたびに、「高遠さんは、弊社の新卒採用に応募した大学四年生です。本日はツアー試験で参加しています」と紹介した。

関越自動車道の練馬インターチェンジからジャンクションを経由し、北関東自動車道を走って茨城県の笠間を目指す。途中、二度のトイレ休憩が入った。

「お手洗いだけ済ませてきて」と美礼に言われているので、遥はそそくさとバスに戻る。

「これ」

と、美礼がアーモンド形の目を向けると旗を渡してきた。〔大空ツアー〕と白抜きされた、スカイブルーのツアー手旗だ。それと参加者名簿のバインダー。彼女が入れ替わりにトイレに行き、今度は遥が旗を持ってバスの横に目印として立つ。

お手洗いを済ませた客たちが次々と戻ってきた。ハイウェイショップで買った飲み物やスナック菓子を手にしている人もいる。杖（つえ）をついている年配の男性と、年配の女性が並んでやってきた。バスの中ほどの席に座っている牧村（まきむら）夫妻だ。座席表は、バスの乗降口のステップ横にある冷蔵庫に貼ってある。

右手に手旗を持った遥は、美礼から渡された左手の参加者名簿に目を落とす。名簿は、上から申し込み順に記載されていた。牧村夫妻は、それぞれ〔勉（つとむ）〕と〔京子（きょうこ）〕とある。年齢は、七十六歳と七十歳だ。勉は眼鏡を掛け、グレーのハンチングを被っていた。京子は薄茶に染めた髪に赤いベレー帽が似合っている。足が少し不自由なのか、杖をついてゆっくり歩く勉と、それに寄り添う京子。すると、彼らを追い越すように、作務衣（さむえ）姿の四角い顔の男性がこちらに向かってすたすた歩いてきた。角刈りというのだろうか、白髪交じりの髪を短く刈ったその男性は、髪形のせいで顔の四角さがよけいに強調されている。背は高くはないが肩幅が広く、顔だけでなく全体的に四角い感じだ。素足に雪駄（せった）を履いている。服装といい、顔立ちといい、面倒臭い客であることはひと目で分かった。牧村夫妻のひとつ前の席で、名前は石打（いしうち）。名簿を見る必要はなかった。要チェックな客と踏んで、座席表の苗字を覚えていたのだ。齢は六十五歳。

「さっき美礼ちゃんが言ってたけど、あんた、採用試験中だって？」

〝美礼ちゃん〟って、馴れ馴れしくないか。それでも、「はい」と返事だけは素直にしておく。

「大空観光に入りたいって、そういうこったよな？」

まあ選択肢のひとつではある。

「はい」

と、やはり応えておいた。

そこで石打がなにかに気がついたように、「ありゃ」と、いきなり遥の顔を覗き込んでくる。

「なんでしょう？」

「あんたの、ちょっと上を向いた鼻だよ」

人が気にしていることを、そうやって言うか!?　まったくデリカシーのないオヤジだ！

と、今度は急に話をやめたかと思ったら、遥からほかに視線を移していた。ほんと、気まぐれだよな……。

遥も石打の視線の先を追うと、ようやく牧村夫妻がバスのすぐ手前まで近づいていた。

それをあとから来たアラフォーらしい夫婦連れが追い越してやってくる。

「お帰りなさいませ」

と遥がふたりに向けてお辞儀する。

「ただいま」

という言葉が揃って返ってきた。

ふたりは榊祐介（さかきゆうすけ）、真弓（まゆみ）。ともに四十一歳の夫妻だ。添乗員席とは通路を挟んで横並びの最前列の席に座っている。とても感じのよいご夫妻だな、と遥は思っていた。

「あんたたちさ」と祐介と真弓に声をかけたのは、石打だった。「一番前の席に座ってるよな」

「はあ」

何事だろう？　というように祐介が見返す。

「こっちに歩いてくるあの夫婦な、バスの中ほどの席に座ってる。俺のひとつ後ろの席だ」

祐介も真弓も黙って話を聞いていた。

「旦那のほうは、歩くのが不自由なようだ。バスの出入りが大変そうだから、席を代わってやろうと考えてた。だがよ、ひとつばかり前の席になったからって、そうは変わらねえ。あんたたち、席を代わってやったらどうだ？」

突然のそんな提案に、祐介が眉を寄せる。

「しかし……」

確かにふたりにとって、バスの狭い通路をちょっと長く歩くことになったとしても、苦労は感じないに違いない。ただ、運転席の上にある最前列席は、広いフロントガラス越しの眺望が遮られることなく楽しめる特等席なのだ。参加者名簿の一番上に榊夫妻の名がある。一番先に申し込んだことで、彼らがその席を確保できたわけだ。

「今日のツアーの客を見回したところ、あんたらふたりが一番若そうだ」

そこまで言ってから、「いや」と石打が顔をしかめた。

「一番後ろの席で大きな声で騒いでる中年女の四人組がいて、あいつらでもいいんだが、なにしろ席が後ろだ」

石打が今度は遥のほうを意味ありげに見る。

「まあ、あの連中が少しでも前の席だったら、そっちのほうに席替えを申し込んだんだがな。ふたりずつにして引き離せば、車内がちょっとは静かになるだろう」

このオヤジはさりげなく苦情を申し立てているのだ、と遥は気がつく。だけどそんなこと、あたしに言われたって困るし……。

「僕らと席を代わってほしいと、あのご夫妻に頼まれたんですか？」

祐介が石打に尋ねた。

嘘をつかれた石打が押し黙る。

「あなたが、勝手に思いつきを言ってるんですよね？」

「いや、確かにそうなんだけどさ……」

石打の話の腰を折って、祐介がさらに言い募る。

「さっきから聞いていれば、ほかの参加者の話し声が大きいとか、あなたの勝手な判断で席を代わってやれとか、大空観光の人でもないのに、なんで仕切ろうとするんですか？　鍋奉行という言葉があるが、まるではた迷惑なツアー奉行みたいだ」

〝ツアー奉行〟という言葉に、遥はくすりとしそうになる。

だが石打が、「なんだと！」と太い眉を寄せ、祐介を睨みつけるのを見て、ヤバい！　と感じた。名取さん早く帰ってきて！　うろたえてしまう。

「席、代わります」

そう提案したのは真弓だった。石打に向かってにっこり笑いかけると、「席を代わるように、わたしたちから、あのご夫妻に伝えましょう」もう一度言う。

石打は拍子抜けしたようだ。

「だけど、真弓……」

祐介がなにか言いかけるのを、彼女が制した。そして、遥に顔を向ける。

「高遠さん」

と呼びかけられた。あたしの名前を覚えてくれてたんだ。

「あのおふたりの名前、なんていうの？」

「牧村さんご夫妻です」

「ありがと」

彼女がほほ笑む。素敵な笑顔だった。大人の女性、という感じ。白いカットソーに細身のグレーのパンツというシンプルなスタイルがエレガントだ。

「牧村さん」

と彼女が声をかける。バスの前まで辿り着いた勉と京子は、突然名前を呼ばれて驚いていた。

「よろしければ、席を代わりたいと思うのですが。あたしたち、一番前の席なんです」

「いや、あなた方、そんな……」

と勉は恐縮している。それを見て、先ほどまでは納得いかない表情だった祐介も、「どうぞ、どうぞ」と明るい声で勧めている。

「あなた、お言葉に甘えましょうよ」

と京子が促すと、勉も頷いた。

「申し訳ありませんな、お気遣いいただいて」

と榊夫妻に頭を下げる。

そこに美礼が戻ってきた。

「なにかありましたか？」

彼女が牧村夫妻、榊夫妻と順に見回し、遥に顔を向けた。ひとり、なぜか立っている石打にもちらりと目をやる。

「いえね、こちらのおふたりが、席を代わってくださるとおっしゃられて」

と勉が言うと、「あら、よろしいんですか？」と美礼が榊夫妻のほうを見る。

「ええ」

と祐介が気持ちよく返事した。彼の隣で真弓が笑顔を咲かせる。

「荷物を前の席に移すのを手伝いましょう」

祐介が牧村夫妻に提案し、ふたりが恐縮して頭を下げた。そうして、バスの中へと入っていく。真弓もステップに足を掛けようとしてから、ちらりと遥のほうを振り返った。彼女が小さく笑い、遥も笑みを返す。

その時、がさつなくらい大きな声で笑いしゃべりながら四人組の女性らが帰ってきた。まだ傍らに立っていた石打が耳障りだというように、「ちっ」と舌打ちしてからバスに乗り込む。

「ねえ、ほんとはなにがあったの？」

と美礼が訊いてきた。遥は、さっきのやり取りを伝える。

「なるほど、〝ツアー奉行〟ね。うまいこと言う」と美礼が感心していた。「石打さんは、大空ツアーのヘビーユーザーなの。悪い人じゃないんだけどね」

「へえ、曲者揃いって感じ」

と麻衣は感想を述べる。

「まったくそのとおり」と遥は苦笑いした。「あたしも、とんでもないツアー試験になったって、行く先に不安を覚えたんだ」

　笠間市内にある果樹園に到着。ここで栗拾いをする。茨城県は、全国一位の栗の生産県である。中でも笠間は、その代表的な産地だ。まずは果樹園の社長がバスに乗り込んできて、栗拾いの説明をしてくれる。最近の栗は品種改良されイガで落ちるのではなく、ツブで落ちるのが主流なんだそうだ。もちろんそのほうが農家の方が拾いやすいからとのこと。そうはいっても、イガのまま落ちた栗もある。長めのトングが貸し出された。

　遥も張り切って参戦する。晴れて気温が上がり、汗をかく。労働は分かりやすいのがいい。それに、どんどん拾っているうちに栗拾い名人になったような気がしてくる。いかん、夢中になりすぎた。自分は、採用試験中だった。

　ふと周囲を見回し、美礼の姿を探す。石打の姿が目に入った。そういえば、さっき彼は素足に雪駄履きだったが、栗拾いには不向きなのでは？　と思ったら、用意してきたらしい長靴に履き替えていた。長靴の間でイガイガを挟み、器用に実を取り出している。両手に軍手もしているではないか。やるものだ。

　美礼を見つけた。やはり栗拾いをしている。なんだか、ほっとする。だが彼女は、牧村夫妻の手伝いをしているのだった。勉は、杖の先でイガをつついたりしているが、屈めないようだ。京子と美礼が栗を拾っている。美礼はそのあと、客の間を回って時々言葉をかけていた。彼女は添乗員で、遥はただ遊んでいたということか。

拾った栗は計量され、一キロまでは無料で持ち帰れる。一キロに満たない場合は、果樹園のスタッフが用意した栗を多めに足してくれる。一キロをオーバーしていると、希望があれば追加料金を払って買い取る。拾ったのとは別に、茹で栗がお土産に配られた。美礼と遥の分もある。なんだか得した気分でバスに戻った。

「なんのかんの言って、遥もしっかり遊んでいるんじゃない」

と麻衣は笑う。

「まあ、そうなんだけどさ」

遥は、ロンググラスを口もとに運んだ。

ツアー一行は、お昼の食事処に移動。ここまで渋滞もなく行程がスムーズだったことから、食事時間にはちょっと早い。希望者はお店の近くにある笠間稲荷神社に案内するとのオプションを美礼が伝える。バス内は拍手に包まれた。地元の小さな旅行会社は、こうしたフレキシブルさがよいとの感想を遥は抱く。

手旗を持った美礼を先頭に参道を歩いていると、なんとなく榊夫妻と一緒になった。

「三年前にね、やっぱり大空ツアーで笠間稲荷に初詣に来たの」

と真弓が言う。

「大空ツアーには、よく参加されるのですか？」

そう遥は返した。

真弓が頷く。

「あの時は、〇泊二日で福島県の勿来温泉から初日の出を拝むツアーだった」

「〇泊――じゃ、車中泊ですか⁉」

遥が目を丸くしていると、真弓と祐介が笑っていた。彼女が続ける。

「大晦日の夜に出発して、日をまたいで勿来の温泉施設に行くの。太平洋が一望できる露天風呂があってね、そこからご来光を眺めようと考えたわけ。でも、のぼせそうになっちゃった。それで、お風呂を出てラウンジへ行ったの。そしたら、この人もやっぱりのぼせて、そこにいたわけ」

真弓が祐介を見やる。

「彼女と一緒にビールを飲みつつ日の出を待ったんだ」と祐介が語りだす。「いやー、お陽さまって、本当に海から昇るんだね。水平線から頭のてっぺんが覗くと、まさに日の出の勢いで昇っていった」

真弓が頷くと、「太陽が天空高い位置に収まると、静かに凪いだ海が残った」ひとり呟くように言う。

「現金なもんでね」と今度は祐介が言う。「あれだけ現れるのを待ってた太陽が、昇ってみると、ガラス張りのラウンジでは今度は眩しく暑くなる。従業員がブラインドで覆ってしまった」

そのツアーは帰路、初詣に笠間稲荷神社に寄るコースだった。参拝後ふたりは、持ち帰りの稲荷寿司を買ったそうだ。笠間稲荷のつかいのお狐(きつね)さんの好物である。

「ほら、あそこ」

真弓が白い指で示す。老舗(しにせ)らしい小さなお店だが、まだ暖簾(のれん)が出ていない。十一時で、開店前なのかもしれない。

「このお店のお稲荷さんは、すし飯にクルミと白ゴマが入っているの。それが飴色にこっくりと煮た肉厚の油揚げの甘さと上品にバランスしていた」

「よく覚えていますね」

遥は感心する。

「お店の雰囲気もよかったし、記憶に残ってる。正月の参道にあって、家族総出で働いているんだけど、はしゃいでいない感じがよかった。普段どおりの商売をしているようだったの」

そのあと再び参道を歩き、よさそうな手づくり味噌の店を見つけ、田舎味噌を一キロ買ったそうだ。

「バスツアーってね、参加者それぞれが独自に小さな楽しみを見つけるところに魅力があるんじゃないかしら」

彼女の笑顔に、遥も、なるほどと思う。

十一時半過ぎに食事処に入った。小さな民宿である。

客同士相席で、広い座敷にいくつかに分かれて座る。各卓には、まだ袋に入った箸と伏せられたコップしか置かれていない。コップは、アルコールやソフトドリンクなどを別途頼む人が使うものだ。このあと、料理はできたてが配膳される。食事へのこだわりも大空ツアーの売りだ。

全員が着座したと思ったところで、美礼に何事か相談してきた年配女性の客があった。

「足が不自由で畳に座れないの」

「分かりました」

と美礼が応え、座敷内を見回す。畳の上に座布団を敷いて座る席と、掘りごたつの席とがある。美礼は迷わず、掘りごたつの席に座っている榊夫妻のもとを目指した。遥もついていく。

「申し訳ありません、席を代わっていただけますか?」

こうした時、お願いされるのは一番若い彼らなのだ。

「また僕たちですか?」

祐介が不満そうな表情を見せる。

「相すみません」

美礼が平身低頭する。隣で遥もそれに倣う。

「いいじゃない」

と真弓が祐介にさばさばした感じで言った。今度は向かいの席に向け、「そういうことなので」と告げる。

向かいにいるのは牧村夫妻だった。彼らは、立ち上がってほかに移っていく祐介と真弓を名残惜しそうに見上げている。それまで四人は、楽し気に談笑していたのだ。

「基本的には、すべて順番に対応する」と美礼が遥にささやく。「すべての方が同じ料金を払ってツアーに参加しているわけだから。ただし、なにかある場合には、お身体の不自由な方や年配の方を優先する」

遥は、「はい」と短く応えた。

榊夫妻の席は、長い机の末席になった。彼らの向かいには、作務衣姿の石打がひとりあぐらをかいていた。向こうから女性四人組のきゃははと大声ではしゃぐ声が聞こえると、途端に石打が苦虫を嚙み潰したような顔になる。

食後は一時間ほど自由散策になった。近所に大きな道の駅があるので、多くの参加者はそちらに向かう。

遥は美礼に許可をもらい、歩いて二十分ほどのところにある龍眼院（りゅうがんいん）という寺に行くことにした。江戸中期の浮世絵師、江戸川南山（えどがわなんざん）ゆかりの寺である。南山は八十八歳でこの地を訪れ、龍眼院に逗留した。そして一年をかけて、本堂の天井に龍の絵を描いた。その絵が公開されているのである。遥には浮世絵を鑑賞する趣味はない。ただ南山作の風景画『富嶽八景（ふがくはっけい）』と、そのひとつである『青富士』はつとに有名で、このツアーが龍眼院近くでフリータイムになることを知り行ってみることにしたのだ。極めてミーハーな趣旨からだった。

両側に畑が広がる道をぶらぶら歩く。畑の遥か向こうには山々が連なっている。昼下がりで気温が高かった。路線バスの停留所が見えるが、龍眼院への交通手段は徒歩しかない。タクシーに乗るなんて贅沢（ぜいたく）はできないし、そもそも走っていない。たまに農作業用の軽トラックが行き過ぎるくらいだ。

龍眼院は山裾にある古刹（こさつ）だった。確かに、ここなら江戸時代に描かれた南山の絵も残っているだろうというムードに満ちている。境内には観光客の姿もなく、穴場感が満載であった。山から下りてくる空気が清涼だ。

本堂の入り口にある自動販売機で五百円を払い、拝観チケットを求める。中に入るとすぐに受付があって、チケットを差し出すと半券をもがれた。古いがよく磨きたてられた板の間の廊下を歩き、大間(おおま)に行き着いてはっとする。

天井を見上げていた榊夫妻が、こちらに視線を移した。

「あら」

と真弓が言う。

「おふたりもいらしていたんですね」

――「バスツアーってね、参加者それぞれが独自に小さな楽しみを見つけるところに魅力があるんじゃないかしら」という先ほどの真弓の言葉を思い出す。

「高遠さんは、南山に興味があるの？」

「そういうわけでもないんですが」

「わたしたちもなんとなく」と彼女が返し、「でも、見事ですよ、とっても」と再び天井を仰いだ。

遥もつられるように見上げる。天井いっぱいに龍が描かれていた。色鮮やかな龍だ。太く長い胴体は緑、腹は黄色、鎌首をもたげた頭の上に突き出た鹿のような枝角（えだづの）は銀、口の中と鬣（たてがみ）は真っ赤だ。腕の先にある五本の爪が、ピンク色の珠（たま）を握り締めている。こちらをいすくめるように見下ろす鋭い眼（まなこ）は金色だった。その迫力に圧倒される。

「お先に失礼するわね」

榊夫妻が出ていく。大間に遥ひとりが残された。いや、ひとりきりではない。中年のお坊さんが椅子に座っていた。なにしろ重要文化財である。不届き者が悪さをしないように監視する役なのだろうが、居眠りしていた。遥は、畳の上に寝転がって鑑賞することにした。腰を下ろし背中を倒そうとしたら、「なりません！　仏前ですぞ！」と注意され、飛び起きる。お坊さんがこちらを睨んでいた。

「スミマセン」

なんだ、寝てたんじゃないのか……。これも修行中ってこと？

改めて天井の龍と対峙（たいじ）する。受付で渡されたパンフレットによると、絵の大きさは二十一畳分。南山が描いて以来、一度も修復は行っていないという。なのに、この色鮮やかさはどうだ!?　龍を描き上げた南山は江戸に帰り、翌年九十歳の天寿をまっとうしたそうだ。

龍眼院から戻る途中、両側が畑の道で榊夫妻に再び遭遇した。路線バスの停留所のベンチに真弓が座り、傍らに祐介が立っている。なにか様子がおかしい。遥は小走りになった。

「どうしました？」

「高遠さん」

祐介が振り返る。彼の向こうで、真弓がぐったりしたようにベンチの背もたれに身を預けている。

「妻が急に具合が悪くなって……」

遥は真弓の顔を覗き込み、「救急車とか必要ですか？」おろおろ言葉をかけた。

「大丈夫……大丈夫だから。少し休めば、平気」

真弓がやっと応える。

「だからよそうって言ったんだ。キャンセルしようって言ったのに……」

祐介が苦渋の表情を浮かべる。

その時、賑(にぎ)やかな声とともに同じツアーの女性四人組が現れた。

「どうしました？」

と駆け寄ってくる。彼女らは急にテンションが変わり、真剣な表情になっていた。ひとりが真弓の脈を取り始め、ひとりが一番上まで留めていたブラウスの第一ボタンを外して寛(くつろ)げる。

「あの、皆さんは？」

遥の問いに、「あたしたち看護師なの」とひとりが応えた。

「え!」

それはそれは心強い応援が現れたものだ。

「看護学校時代の先輩後輩ってわけ」

べつの女性が言う。

看護師の四人は、いずれも年齢が五十代といった感じ。先ほどまでは大声でしゃべって笑ってがさつな印象だったが、今はひとつひとつの動作が機敏で、颯爽(さっそう)としていた。

四人の中で一番年長らしい物腰のどっしりとした女性が、「奥さんには、なにか持病がありますか?」と祐介に問いかけた。

祐介は黙っている。自分が応えていいものか、躊躇しているらしい。

「近々がんの手術を受けるんです」

真弓が自ら告げた。それを聞いて、遥は驚く。

質問した看護師が、真弓の前にしゃがんだ。真弓が続ける。

「三年前に大腸がんの手術を受けました。半年ごとに検査を受けていたのですが、肝臓に転移していることが分かったんです」

看護師が黙って頷く。

「このところ入院前の検査が続いていました。今日も本当なら、検査があったんです。でも、ずっと前から申し込んでいたこのツアーに来たくて、検査を別の日にしてもらいました」

「だから、今度はよそうって言ったんだ」

祐介が繰り返した。

「ごめんね」と真弓が傍らに立っている夫を見上げて言う。「でも、どうしても来たかった」

「検査疲れってところね」

とベテラン看護師がしゃがんだまま、真弓と祐介を交互に見る。

「手術前で精神的に重圧がかかってるところに、集中的に検査があるでしょ。それで、貧血を起こしたの」

看護師が、「よいしょ」とかけ声を発して立ち上がる。

「入院するのはどちら？」

彼女が今度は祐介に訊くと、彼が都心にある病院名を教えた。

それを聞いて、「ははあ」という表情をした。

「あそこの肝・胆・膵外科には、有名な先生がいるものね」

　すると別の看護師が、外科医が主人公の人気ドラマのタイトルを出して、「あれの医療監修してる先生でしょ」とはしゃぐ。看護師たちはもとのオフの表情に戻って、芸能ネタで盛り上がり始めた。

「あのう」と、遥は遠慮がちに彼女らに尋ねてみる。「榊さんは、このまま旅行を続けられるでしょうか？」

「それは、本人次第ね」

　と年長看護師が片目をつぶる。

「どうする真弓？」

「もう平気」

　彼女の白い頬に、赤みがさしていた。看護師らに助けられながら真弓がゆっくりと立ち上がり、みんなで歩き始める。

　このことを、遥はバスで美礼に報告した。美礼が真弓の席まで行って様子を聞き、戻ってくる。

「さっき、榊さんのご主人と石打さんとの一件をあなたから聞いた時、気がつくべきだった」と彼女が言う。「あのご主人は温厚で、〝ツアー奉行〟なんて言葉をぶつけるような人じゃないの。むしろ、牧村さんのような方がいたら、率先して席を代わろうと提案するような人。きっと、奥さまの身体を心配していたのね。注意が向いていなかった。わたしも、まだまだだな」

美礼が盛んに悔いていた。

「バスツアーに参加しているお客さまはね、わたしたちにとって大勢ではなく、ひとりなの。それを忘れないようにしないと」

――〝大勢ではなく、ひとり〟と遥は口に出さずに繰り返す。

コースの最後は、笠間焼のお店めぐりである。笠間は焼き物の里でもあるのだ。いくつか窯元があって、ショップは二キロにわたって点在している。観光バスを停めるスペースが共販センターの駐車場にしかなく、時間の都合もあるので近場だけを回ってもらう。

遥は、美礼と一緒に歩きながら、真弓のことを考えていた。彼女が、このツアーに参加したかった理由はなんだろう？　と。彼女が、最初にがんの手術をしたのは三年前。たとえば三年前のツアーでは、手術の前に笠間稲荷にお参りができたから、とか？

「まったくお宅のツアーってぇのは、のんびりしてるよな」

そう声をかけてきたのは石打だった。

「もっと一ヵ所の時間を短くしたら、立ち寄り場所を増やせるんじゃねえのか。大手のツアーはもっとたくさん回るぞ」

「たくさんて、お土産屋さんばかりでしょ」と美礼が言い返す。「石打さんは、そういうのがお好みなんですか？」

「ふん」

と彼が黙ってしまう。そのあとで、路肩に目をやる。

「見てみろよ、ニラの花が咲いてらあ」

細く長い茎の先に白い小さな花が、線香花火のように広がっている。

「ニラって、あの野菜のニラですか？」

遥は訊き返していた。

「そうだ。きっと畑から種が飛んできたんだろうな」

石打は少し物思いにふけっているようだった。しばらくして口を開く。

「女房から教えてもらったんだ、ニラの花だって。そうやって、女房から言われて秋が来たのに気づいたんだ」

石打は妻を亡くしているのだ、と遥は思う。自分で気づくよりも、奥さんから言われて秋の訪れを知るほうが豊かな気持ちになるだろう。なんだか、しんみりしてしまう。

そこで、石打がこちらの顔をしげしげと覗き込んできた。

「さっきも思ったんだけどよ……」

となにか言いかけた彼に、「すみません」と断って、通りの向こうにある笠間焼のギャラリーに向かう。ガラス張りの店内に、榊夫妻の姿が見えたのだ。

中に入ると、ふたりはマグカップをひとつだけ手にしていた。

「お加減いかがですか？」

と遥は声をかける。

「ええ、もうすっかり大丈夫。さっきはごめんなさいね」

「いえ」と小さく手を振ってから、「素敵なカップですね」と伝える。

真弓が手にしているのは、金の縁がアクセントの薄いグレーのマグだった。

「揃いのが家にあってね。でも僕が、うっかり縁を欠いちゃったものだから」

「あ、それで分かりました」と遥は思わず口にしていた。「なぜ、今度のツアーにどうしても参加したかったか。そのカップを買いたかったからですね」

「それもあるかな」

と言って、真弓がにっこり笑った。

バスは東京目指して帰路に就く。遥の採用試験のひとつであるこのツアーも、もうすぐ終わりを告げる。高速を走っていると、通路を挟んで並びの席にいる牧村夫妻の夫のほうから声をかけられた。

「これを皆さんに食べていただいても構いませんかな？」

勉が差し出したビニールの袋の中には、果樹園でお土産にもらった茹で栗が入っていた。外側の堅い鬼皮がすでに取り除かれ、渋皮だけが付いている。それにも切れ目が入り、簡単に外れるようになっているみたいだ。

「妻は、栗剝き名人なんです」

勉が誇らしげに言う。彼の向こうで、京子がにこにこしながら携帯用の小さなハサミを見せている。

遥は許可をもらおうと、美礼のほうを向いた。

彼女が頷いて、「バスが揺れるから気をつけてね」と言う。

遥は茹で栗の袋を持って、車内を回った。

「一番前の席にいる牧村さんからです」

そうひと言伝えて袋を差し出す。すると客は、「ありがと」と遥に言って茹で栗をひとつ手にする。そのあとで牧村夫妻に向けて、「ご馳走さま」と声をかける。牧村夫妻に向けての、「ありがとうございます」や「ご馳走さま」の声が後ろに行くにしたがい、大きくなった。石打が、「サンキュー」と遥に言ってから、「ありがとう！」と牧村夫妻に声をかける。その後ろの席にいる祐介と真弓も栗を受け取って、「ありがとう」と遥に言い、前に向かって、「ご馳走さまです！」と礼を伝えた。

いよいよ最初の降車地が近づいた時、美礼が別れの挨拶を始めた。

「今日は『笠間で栗拾い&栗ご膳』のツアーということで、まず朝一番に果樹園で栗拾いを楽しんでいただきました。次はオプションで、笠間稲荷神社に参拝。そして民宿でのお食事でした。栗ご膳はいかがでしたか？」

車内に拍手が起こる。

「食後は、自由散策をしていただきました」

遥は具合の悪くなった真弓に出会った。彼女は、間もなくがんの手術を受けるのだ。ツアーの最中は楽しそうにしていたけれど、どんなにか不安だろう。一方で、あんなふうに賑やかに振る舞っていた四人組の女性は、看護師として命の現場で働いている。石打は妻を亡くしていた。ツアーに参加している人には、別の顔があるのだ。美礼が口にした「大勢ではなく、ひとり」という言葉が蘇（よみがえ）る。

「では、ツアーに同行した高遠さんから、皆さんにひと言挨拶してもらいます」

美礼から突然そう振られ、大いに慌てる。なにそれ？　聞いてないし！

マイクを受け取り、彼女と入れ替わって客の前に立つ。

さて、なにを話したものか……。たくさんの〝ひとり〟に対面しているうち、急にこの人たちと別れがたいような思いがあふれてきた。

「あたしはご一緒させていただいただけで、なんの……」

やっと口を開いた途端、不用意な涙がぼろぼろっとこぼれ出た。この気持ちはなに？

「なんの役にも立てませんでした……」

そう、あたしは旅行が好きで、そして嫌いだ。なぜなら、旅行が終わる時の、この寂しさがヤだから。

「あたし……ごめんなさい……」

お客の前で泣いてしまった。これは、もう確実に不採用だな、と思う。でも、こんなあたしに向け、「頑張れ！」「ありがとう！」「また、会おうな！」とみんなが声をかけてくれる。それで、ますます泣けてしまう。遥は今や、肩を震わせしゃくり上げていた。

「あり、あり、あり、あり、ありがとうございました」

やっとそう言って、ぺこりと頭を下げる。大きな拍手に沸く観光バスは、カーブを描いて地元駅のターミナルへと入っていった。

「お疲れさま」

乗降口の横で美礼と並んで客たちを見送っていると、ステップを降りてきた真弓に声をかけられた。

「泣いちゃって、カッコ悪いです」

遥は照れ笑いする。

「さっき、どうしてこのツアーに参加したのかって言ってたわね」

「はい」

「それはね、大空ツアーが好きだから」

彼女が祐介を見る。彼が頷き返した。

「わたしたち、子どもがいないし、ふたりとも勤めているせいか、地域の人となんのつながりもないの。まあ、こちらから積極的にアプローチしないってせいもあるんだけど。でもね、大空ツアーでは、地元の人たちとふれあえるでしょ。もちろん、高遠さんみたいな添乗員の方とも」

「あたしは……」

たぶん不採用です、と返そうとしたが、その前に彼女のほうが、「次に参加できるまで時間がかかりそう。だから、今回はどうしても来たかったの。それで、夫に無理言って来ちゃった」と寂し気に笑う。

思わず、「またお待ちしてます！」そんな言葉が口をついて出ていた。

「そうね」と真弓が頷き、「きっとまた会いましょうね」と言って寄越す。

「はい」

彼女には元気で、また大空ツアーに参加してほしい。

真弓と祐介は美礼に向けて、「お世話になりました」と言葉をかけると去っていった。

「あのな」

バスを降りた石打が遥に言ってきた。

「あんた、〝鼻っ柱が強そう〟って言われたことないか？」

自分の鼻は、少し上を向いている。

「そんな鼻をしてたよ、女房もさ」

「ええっ⁉」

隣で美礼が、「ぷっ」と吹き出す。

「じゃあな」

去っていく石打を見送ると、ふたりで素早く車内へと戻った。

「次の降車地に向かいます」

美礼の声がマイクを通して聞こえる。

最初で最後の大空ツアーになってしまった。お客さまの前で泣くなんて……あたしは、もう終わりだ。皆さん、ありがとう。サヨナラ大空観光。

駅前のターミナルを出て幹線道路を走るバスが、夕暮れの町を歩く真弓と祐介を追い越す。ふたりがバスに気がついて、手を振っていた。遥も手を振る。ふと後ろを見たら、車内の客たちもふたりに笑顔で手を振っていた。まるで、「おーい、頑張れよ!」と真弓を応援しているみたいに。


「で、遥はそのツアー試験に合格して、大空観光に採用されたわけなんだ」

と麻衣は言った。

「感激して泣き出すほど大空ツアーを満喫してくれたって、最終面接の時に言われてね」

と彼女が笑う。

「ねえ、ところで遥の言ってた、〝亡くなった人と向き合う〟って、石打さんの奥さんとあんたが似ていたってこと?」

「あのね、似ていたのは、あたしの鼻の形だし」と彼女がむくれた表情をしてみせる。そうして言った。「伝えたかったのはそうじゃないんだ」


遥と別れて帰宅すると、大きなダイニングテーブルで隆一がぽつんとひとり焼き鳥を肴にビールを飲んでいた。焼き鳥は、スーパーの総菜コーナーで買ってきたものだろう。隆一は、それをキッチンのトースターで温めて食べていることが時々ある。

麻衣は料理が得意でないので、買ってきたものをよく隆一と一緒に食べていた。

「ただいま」

と言うと、麻衣はそのまま隆一の向かいに座る。

「帰って、いきなりでごめん。お母さんの散骨のことなんだけど」

そう口にした途端、隆一の表情が難しくなった。手にしていたコップのビールをぐいとあおる。

「今日ね、遥と会って、亡くなった人と向き合うことについてこんな話を聞いたんだ」

麻衣は、ツアー試験についていかいつまんで伝えた。

そして遥は、最後にこう語ったのである。

「ツアー試験で会った榊さんね、あたしが入社してからしばらく経って大空ツアーに参加するようになった」

「あ、じゃあ、真弓さんの病気がよくなったんだね？」

思わず麻衣も嬉しくなって声が弾んでいた。

だが、遥のほうは硬い表情で首を横に振る。

「参加しているのは夫の祐介さんだけ。それも決まって年に一度、この『笠間で栗拾い&栗ご膳』のコースに参加するの」

「それって……」

今度は遥が頷いた。

「奥さんと最後に参加したツアーの思い出を辿っているんだと思う。自由散策の時には決まって龍眼院を訪ね、その帰り道にあるバス停に座っているの。そうやって、真弓さんと向き合っているんだと思う」

隆一は無言のまま、なにかにすがるようにコップを握りしめていた。

麻衣はダイニングテーブルから離れ、自分の部屋に行って母から預かったあの封筒を手に戻ってくる。

「これ、お母さんが――」

麻衣は、隆一の前のテーブルに封筒を置いた。曜子は「お父さんに渡して。わたしが死んで一年近く経ってから」と言った。今がその時だと感じたのだ。

封筒の口は糊(のり)付けされていなかったが、麻衣は中を見ていない。隆一に宛てたものなのだから。

隆一はコップからやっと手を離し、封筒の中を見た。そして一枚の紙片を取り出す。隆一は、しばらくじっとそれを見つめていた。

やがて、その紙片を麻衣に差しだす。受け取って目を落とすと、とても読みにくい震える文字で〔ありがとう〕と書かれていた。

「お母さんは、お父さんのこと考えてたんだよ」

隆一が堪えきれずに嗚咽する。

麻衣も肩を震わせてむせび泣いた。

隆一が、「麻衣」と声をかけてきた。「お母さんのことな、散骨にしよう。お母さんがそう言ってたんだから、やっぱりそうしよう」

「お父さん……」

「何日か前から、浜を歩いてて思うようになったんだ」

毎朝、腰越海岸を散歩するのが隆一の日課である。

「鎌倉の海に散骨したなら、いつでも話ができるじゃないかってな」

第五章　ぬいぐるみの病院

1

「よし浜尾、エンジン入れていいぞ」

　高校時代の同級生、大津拓海(おおつたくみ)に言われ、麻衣はキースイッチをひねった。八人乗りのフィッシングボートのエンジンが、軽快な音を立て始める。拓海の指示を受けながら、船体の確認やバッテリー、オイル、装備品の点検など、定められた発航前の手順を踏んでいた。

「正常に作動しているかどうか、船尾を確認してこい」

　拓海は背が高い。頭の上のほうから威張ったようにそう命令され、「うん」という返事がふてくされた感じになった。すると、たちまち叱責(しっせき)される。

「復唱しろ！　船乗りの鉄則だ！」

なにが船乗りだよ、この程度の釣り船で——麻衣は心の中で毒づきながらも、「船尾付近を確認します」と口を尖らせ繰り返す。

操舵席を立つとボートの後ろまで行き、水面を覗き込んでスクリューや後方の確認をした。

「報告は!?」

船首で拓海ががなる。

「船尾付近ヨシ！」

麻衣が大声で返すのを、デッキの長椅子に座っている隆一がにやにやしながら眺めていた。隆一は革ジャンパーの上にライフジャケットを着こんでいる。

麻衣は操舵席に戻ると前後左右を指差し確認し、「周囲ヨシ」と拓海に報告した。

拓海とは高校時代、特に仲がよくも悪くもなかった。釣り船屋の次男坊の彼は卒業後、家業のおおつ丸で働いている。ちなみに、麻衣と同じく三十一歳で独身である。

曜子の散骨をするにあたって、麻衣は自分で船を動かしたかった。それで拓海に、ボートのレンタルと操船のオブザーバーを依頼したのだ。「海に人の骨を撒くのか？」と最初はいぶかし気にしていた拓海だったが、病と最後まで闘った母の遺言であることを真っすぐに伝えると理解してくれた。もっともオブザーバーとはいえ、船のことに関しては口やかましかった。先日、本番前のテストクルージングでも厳しく鍛えられている。「なにしろ命にかかわるんだからな」確かに拓海の言うとおりだった。

いよいよ出港である。操舵席で身体をこわばらせている麻衣をちらっと見て、黒いキャップを被った拓海の日焼けした顔に白い歯が覗く。

「深呼吸しろ」

気分をやわらげるようにそう言われ、麻衣は息を深く吸って吐く。緊張を解き、楽な姿勢をとるように努めた。

「行くぞ」

「発進します」

右手でハンドルを、左手でクラッチとアクセルの操作を行うリモコンレバーを握っている。そのリモコンレバーを前に倒し、微速前進した。

午前十時過ぎ。第5おおつ丸が、片瀬(かたせ)漁港をゆっくりと離れる。おおつ丸は五隻の船を保有していて、この第5おおつ丸は一番小さく一番新しい船らしい。少しでもきれいな船を、という拓海なりの配慮らしかった。もちろん、船が小さければ費用も抑えられる。

低速時のボートは舵の効きが悪い。真っすぐ進もうと思っても、潮や風の影響でおぼつかなくなる。

「ジグザグになってるぞ」

すぐに拓海に注意されてしまう。

「低速は、教習所の練習だけじゃ足りねえんだ。いや、すべてが経験するしかねえ。大事なのは、免許を取ったあとで実際に経験することなんだ」

江の島の横を走り抜けると、拓海から指示が出た。

「スピード上げるぞ」

麻衣はリモコンレバーをさらに前に倒す。エンジンの回転数が上がり、スピードが増した。すると船首が下がり、視界がよくなる、麻衣の目に、真冬の透明感のある海と、晴れきらない湘南の空が映る。船全体が浮上し、滑走（プレーニング）状態となった。ハンドリングもよく操縦しやすくなる。疾駆する船の上で、拓海が満足そうな表情をしていた。

「よし、このまま真っすぐ沖を目指そう」

「沖を目指します」

自分の手で散骨を行おうと考えた麻衣は去年、船舶免許を取る以前に自分なりに調べることから始めた。まず法律的に問題がないかというと、一九九一年（平成三）に法務省が「刑法190条の遺骨遺棄罪の規定は、社会風俗としての宗教的感情を保護するのが目的であり、葬送のための祭祀のひとつとして節度を持って行われる限り、遺骨遺棄罪にはあたらない」という見解を示している。つまり、節度をもって行えば法的には問題はないということだ。では、〝節度〟とはなんぞや？

NPO法人葬送の自由をすすめる会では、海洋散骨について「遺骨の粉末化」「海岸ではなく沖に」「養魚場・養殖場、航路を避ける」という自主ルールを守ることを提唱している。

遺骨をそのままの状態で撒くことは、刑法190条で規定されている死体（遺骨）遺棄罪に問われる可能性があるという。緒方が言っていたあれだ――「遺骨の処理に困って電車の網棚に置いてゆく、こういうのが本当の遺棄、置き去りだろうな」

では、遺骨をどのように粉末化すればよいのか？　乳鉢（にゅうばち）とすりこぎのような道具を使い手作業で行えば、相当な時間がかかるだろう。それに、自分の手で母親の骨を砕くというのも、なんとなくためらわれる。そこで、知り合いの火葬場で粉骨してもらうことにした。自宅で供養したり、どのような方法で供養するか迷っている遺族のために、ひとまず遺骨を粉骨することを行っているのだ。

火葬された焼骨には発がん性物質の六価クロムが含まれているため、薬剤で無害化する必要があるという。還元処理され、二ミリ以下のパウダー状になった曜子の遺骨は、どこまでも白かった。

二〇一〇年（平成二十二）一月、今日は曜子の祥月命日である。拓海は黒いタートルネックセーターの上に、つなぎのレインスーツを着込んでいる。そして、船に乗る隆一と麻衣も平服で来るようにと言われた。「江の島は観光地だからな。釣り船に喪服姿で乗れば、嫌でも目立つ」——なるほど、これも〝節度〟か。麻衣は動きやすく薄いダウンの上にライフジャケットを着け、操舵席にいた。

散骨する場所についてだが、海は、ある人にとっては生活の場であり、ある人にとってはレジャーを楽しむ場である。やはり目立たないように沖のほうになるが、どれくらいが目安なのだろう？　テストクルージングの際、「〝沖〟っていったら、どれくらいかな？」と拓海に相談したら、「まあ、陸地から一海里ってとこだろう」という応えが返ってきた。意味が分からない麻衣に向かってなおも言う。「人が立ち入れる陸地から二キロ。陸の喧騒が届かない距離って考えればいい」

ひたすら沖を目指していた第5おおつ丸の上で、「そろそろいいだろう」と拓海が告げる。

ブレーキのないボートでは、リモコンレバーを手前に引き回転数を徐々に下げて微速状態にさせ、しばらく走ったのちに停止する。

「急な減速は禁物だぞ。引き波がデッキに押し寄せて、浜尾のおやっさんがずぶ濡れになっちまう」

拓海は麻衣のことを、高校時代と同じく〝浜尾〟と呼ぶ。麻衣は〝大津君〟と呼んでいた。

船が止まると、麻衣はキャビンに安置していた曜子の遺骨を抱えて、隆一のところに向かう。寒いからと、キャビンの中にいるように言っても、隆一はずっとデッキにいた。

「お父さん」

麻衣が、遺骨の入った袋を渡した。袋は水溶性である。

隆一が頷いて袋を受け取り、船から身を乗り出して海に沈めようとした。

「風がなければ、袋のままでなくても大丈夫だっていうけど、どうかな？」

と麻衣は拓海のほうを見やる。風があると、パウダー状になった骨は舞い飛んでしまう。

拓海が麻衣のほうを見て頷くと、隆一に向かって言う。

「今なら凪いでるんで大丈夫だと思います」

隆一が、誰にともなく頷く。そして、意を決したように袋の中の遺骨を海に撒いた。白い粉骨がぱっと広がり、海面に漂う。そのあとで、用意してきた白い百合の花びらを隆一と麻衣とで撒く。自然環境に配慮し、茎と葉を取り除いた花びらだけだ。これだけの行為なのに、ひどく厳かだった。隆一の目が、心なしか潤んでいるようだ。拓海が脱いだキャップを胸の前に当て、海面に浮かぶ白い煙のような曜子の骨を見つめていた。麻衣はなんだかほっとしたような気がして、悲しみは感じられないでいる。曜子の願いは、ついにかなえられたのだ。麻衣はまぶたを閉じ、手を合わせる。お母さん、これで自由に好きなところに行けるね。麻衣は目を開く。

拓海がキャップをきゅっと被り直した。

麻衣は、拓海に相談する。

「ねえ大津君、お別れに、お母さんの周りを船で旋回したいんだけど」

麻衣の希望を受け入れた拓海と、キャビンの操舵席に向かう。隆一はデッキの椅子に、静かに座っていた。

「三周しようと思う」

「浜尾が満足するまで回ればいい。浜尾とおやっさんが」

拓海がそっと告げると、汽笛を長く鳴らした。その音が麻衣の胸に突き刺さる。

散骨した場所の周りで船を走らせているうちに、自然と涙が吹きこぼれてきた。拓海は、気づかぬふりをしてくれている。

麻衣の涙は、悲しみを新たにしたせいばかりではなかった。散骨という葬送の敬虔さに触れ、感動に満たされていたからだ。太陽は薄雲の向こうで透けるように隠れている。今日は富士山もその威容を見せてはくれなかった。けれど、海はこんなにも静かで美しい。海へ、自然へと回帰する、こうした葬り方もあるということに感極まっていた。

拓海がふと、「散骨ってきれいなんだな」と呟く。

麻衣は肩を震わせながら何度も頷いていた。その一方で、頭では別のことを考えてもいる。泣きながらでも、目はなにかを見ているものなのだ。


「散骨を、うちの新しい事業にしたい」

麻衣の提案に、自ら妻を散骨で見送った隆一は反対しなかった。緒方は、「いつかも言ったが、〝もはや形骸化した宗教儀式に大きな費用を払い、墓に縛られるような葬り方をいつまで続けていいものか〟——それが俺の持論だ」と、麻衣の考えに賛成してくれた。そして、こうも言った。「それが麻衣の言ってた、〝いろんな葬るを石浜で行ってみせる〟ってことなんだな。だが、相変わらず俺は心配しているよ。それってほんとにビジネスになるのかってさ」

麻衣には、緒方の言葉を覆せる自信がなかった。けれど、前に進みたいという自分の思いを踏みとどまらせることもできなかった。あの時、拓海が口にした「散骨ってきれいなんだな」という言葉が、自分の背中を押してくれてもいた。大津拓海——津は港だから、大津といえば、船がたくさん泊まる大きな港。拓海は、未開の海を切り拓くとでもいう意味だろうか？　そんな海の申し子のような名前の彼が、散骨を美しいと感じたんだ。

その拓海は、実務的にも協力を申し出てくれた。船を買う資金はないので、最初はレンタルするしかない。おおつ丸が船を提供してくれることになった。運輸局に、葉山、江の島、平塚の三ヵ所から不定期で旅客便を出すという届け出をするようアドバイスしてくれたのも彼だ。

さっそく麻衣は営業に乗り出す。石浜のホームページに海洋散骨事業部を追加したのはもちろん、取引先の葬儀屋を回って案内した。だが、相手の反応は冷ややかだった。「散骨ってなに？」「やる人いるの？」「それ儲かるわけ？」とにべもない。ホームページの問い合わせフォームには、「罰当たり」とか「お骨を粗末にしている」といった中傷メッセージが送信されてきた。文面から、発信元はお寺関係では？　と邪推してしまう。一方で地元民の声は、散骨について好意的なものが多いというのを拓海から聞き意外だった。湘南にゆかりのある著名人も海洋散骨している。海に臨む町で暮らす人々の中には、いつかは自分もという考えがあるのかもしれない。また、そうした人々のさまたげにならないよう湘南の海に条例がないのではとも思うのだ。とはいえ、散骨が一般にまで浸透しているとはいえない。

いつの間にか、今年も麻衣の生まれ月の五月になっていた。三十二歳か、と思う。そうした感慨とは別に、初めて散骨について石浜に照会の電話が入った。

2

佐原千鶴は、東京の杉並区からやってきた。

「江の島の海に、亡くなった夫の散骨を考えています」

石浜の応接室で、彼女と麻衣は向き合って座っている。千鶴は五十歳を少し過ぎたくらいか。ベージュのスーツに白いブラウス姿である。ふくよかな体形でおっとりした印象だが、元気がなかった。夫を失ったのだ、無理もない。ここを訪れる人に、元気溌剌な人などめったにない。

「散骨を考えていると申し上げましたが、まだ迷ってもいます。最近、なにもかもが決められなくて……。というのも、あとになって悔やむのが嫌なんです」

「もちろん、よく考えて決めたほうがいいと思います」

と麻衣は言う。

「だけど、考えても決められるかどうか……。ぬいぐるみの病院についてもそうでした」

「ぬいぐるみの病院、ですか？」

彼女が頷いた。

「恥ずかしいお話ですが、聞いていただけますか？」

「はい」

これまでも石浜を訪れる多くの人の話を聞いてきた。

「そうですよね。浜尾さんには、大事なことをお願いするのですもの。恥ずかしいなどと言っていられませんものね」

そして彼女は、ゆっくりと語り始めた。


その建物は、雑居ビルの間で肩をすくめるようにしていた。緑色の三角屋根の木造の平屋で、玄関にもやはり緑色の三角の張り出し屋根がある。上野駅から歩いて五分ほどのところ、しかも広い浅草通りに面してこんな建物があるなんて……。千鶴は、雑踏の中でしばし呆然としてしまう。

白い下見板張りの建物は、どう見ても個人で開業している医院といった佇まいだ。玄関の張り出し屋根の破風には、丸いランプまである。ただ、ランプは赤ではなくピンク色をしていた。

入ろうかどうしようか逡巡しながら、千鶴は観音開きの扉を眺めている。扉の上には、〔ひとみソーイングクリニック〕という、白い板にピンクの文字の看板が掲げられていた。建物の古さ——昭和初期くらいに建てられたものだろうか——に対して、看板だけは新しい。

せっかく来たんだもの、と意を決して磨りガラスの扉の縦長の取っ手に手を伸ばした。するとほぼ同時に扉が内側に引かれたではないか。そして、グレーヘアの女性と出くわす。ピンク色のフレームの眼鏡を掛けていた。白いブラウスに黒いスリムなパンツ姿である。五十二歳の自分よりもひと回りくらい齢上といった感じだ。六十代半ばくらいだろうか。小柄だが、背筋がすっと伸びている。

「こんにちは」

と彼女にほほ笑みかけられた。温かい笑顔の人だった。

千鶴も思わず、「こんにちは」と返す。

「どうぞ」

女性が後ろに下がり、開いた扉を支えてくれる。それで千鶴は、礼を言って彼女の脇をすり抜け中に入った。振り返ると、入れ替わりに出ていく女性のウエーブのかかったグレーヘアが、五月の陽射しに光を帯びたのが目に映る。扉が閉ざされ、磨りガラスの向こうに彼女が去ってしまっても、千鶴はしばらく視線を向けたままだった。成り行きとはいえ、彼女の笑顔に勇気を得て建物内へと入ったのだから。

　改めて見回すと、やはり中も医院そのものだった。長椅子の待合室があり、その向かいに、受付のカウンターがあった。待合室にも、受付にも人の姿はない。受付の先に長い廊下が続いていた。なぜか待合室の壁に、〔看護師急募！　委細面談〕の張り紙がある。看護師って……？

　しんと静かだった。千鶴は受付へと向かう。カウンターに呼び出しベルがあったので、チンと鳴らした。

「はーい」

　という声とともに廊下の途中の扉が開いて、三十代前半の女性が現れた。こちらにやってくるのは、医師のような白いスクラブ姿である。髪をひっ詰めにして、活力を感じさせる人だ。胸に〔星崎星子（ほしざきほしこ）〕というネームプレートを付けている。

「あの、直していただきたくて」

　千鶴はそう口にしていた。

「患者さんをお連れなのですね？」

　切れ長の目で見つめられ、「はい」と頷く。患者は、千鶴の提げているバッグの中にいる。そして思う、先ほど擦れ違ったグレーヘアの女性も患者を連れてここに来たのだろうと。

「まず問診票に記入をお願いします。書き終わったら、ベルを鳴らしてください」

はきはきとした口調で彼女がそう伝えると、携えていたクリップボードを差し出す。

千鶴は、問診票の質問事項を見て目を丸くした。しかし、すぐに笑みが湧いてくる。患者の〔名前〕はもちろん、〔生年月日〕のほか〔趣味・特技・好きな食べものなど〕という記入欄まであるではないか！　やはり、ここは病院なんだ。ぬいぐるみを家族として扱ってくれている。〝直す〟ではなく、〝治す〟という姿勢が感じられた。どうやら、ここなら安心して相談できそうだ。

千鶴は、バッグを開けてみる気になった。そして、クーたんを出してやる。今日は、クーたんを軟らかい布にくるんで連れてきていた。その布を外すと、クーたんが現れる。クーたんは、世間の人からはクマのぬいぐるみと認識されていた。グレーの毛並みは、長い年月かわいがってきた結果、全体がもろっとしている。首の後ろあたりは、毛が抜けてしまっている部分もあった。

千鶴は、クーたんを長椅子の隣に座らせる。

「大丈夫だからね」

そっと声をかけた。

――チーちゃん、心配しないで。ボクなら平気だよ。

クーたんの目が見返してくる。褐色の光彩の中央に黒い瞳のある丸い目で。

クーたんが隣にいると、急に待合室が親密な場所に感じられてきた。クーたんが認められている場所で、クーたんと一緒にいられるから。

千鶴は、ほっとして問診票を記入し始める。〔趣味・特技・好きな食べものなど〕の欄は、特に入念に書いた。〔クーたんは、秋刀魚（さんま）と桃とソフトクリームが大好きです。どれが一番好きかを決められなくて、その順番を考えているだけで半日が過ぎてしまいます。けれど結局、どれが一番好きかを決められません。〕

最後に〔嫌いなもの〕の欄を〔ネズミ。クーたんの鼻をかじりにくるから。〕として問診票の記入を終えた。そして、受付に行ってベルを鳴らす。

「はーい」

と再びやってきた星子に、問診票を返した。

彼女が切れ長の目を千鶴の隣に向け、ほほ笑む。そして、からりとした明るい声で呼びかけた。

「クーたんさん、こちらにどうぞ」

千鶴はクーたんを膝の上に抱えると、自分の指を顔に添え、星子に向かって頷かせる。

「かわいいですね」

彼女の笑みがさらに大きくなった。

千鶴は、クーたんを抱っこすると、星子のあとに従う。

長い廊下の一番手前のドアで星子が立ち止まり、ノックした。

「どうぞ」

中から男性の声がする。星子がドアを開き、クーたんと千鶴に入るように促した。

六畳ほどの室内に、大柄な身体をスクラブに包んだ三十代半ばくらいの男性が立っていた。こちらのスクラブは、青だ。

星子から問診票を受け取った彼が、「医師の工藤(くどう)です」と低い声で名乗る。顔中をひげがおおっていた。

部屋には、木製のテーブルがひとつと、向かい合わせに椅子が二脚ずつ置かれているほかなにもない。窓もなかった。

星子が部屋を出ていくと、千鶴はほんの少し心細くなる。

工藤に勧められ、テーブルを挟んで向かいに腰を下ろした。迷ったが、クーたんは隣の椅子に座らせることにする。

工藤は、問診票とクーたんを交互に眺めていた。

「クーたんさんは、男の子なんですよね？」

「はい」

と千鶴は応える。問診票の〔性別〕の欄には〔男・女・不明〕とある。千鶴は〔男〕を○で囲っていた。

工藤がそう言ったのは、きっとクーたんが赤いタータンチェックのつなぎのズボンを穿(は)いているからだろう。下に黄色い丸首シャツを着ている。

「娘のお下がりでつくったんです」

「あ、なるほど」

彼がにっこりした。ひげの中の笑顔が優し気で、ほっとする。

「よくできてるなあ」

ひとみソーイングクリニックがぬいぐるみの修繕を専門に行っていると知って、訪ねてきた。ここで医師を名乗るからには、裁縫のプロのはず。そうした人から、手づくりした服を褒められれば悪い気はしない。

「つなぎは、スカートでつくりました。丸首シャツは、ポロシャツだったんです」

「ポロシャツの前立(まえた)てを残して、襟(えり)を取ったわけだ。それで、ヘンリーネック風にしたんですね。よく似合ってます」

ぬいぐるみは頭部が大きいので、かぶって着るシャツは背中や肩をボタン開閉のデザインにする。

「この子くらいの大きさだと、ベビー用品店に行っても合う服が見つからなくて」

「ですよね」

工藤が頷いていた。そのあとで、「こちらに、よろしいですか?」と両手を前で広げる。

千鶴は、「はい」と応え、隣にいるクーたんのお尻と胸に手を添え座った格好で差し出した。

受け取った工藤は、クーたんをためつすがめつ眺めている。

くるりとこちらに顔を向ける格好になったクーたんが、

――この人、悪い人じゃないみたい。

と言う。

千鶴は、

――〝この人〟じゃない。先生よ。

と返した。

――〝センセイ〟?

クーたんに向かって、千鶴は頷く。

――そう。クーたんを治してくれるお医者さんなの。

工藤が、クーたんの顔を彼の側に向けてテーブルの上に座らせた。だからクーたんは今、千鶴に背中を向けている。その背中が、いつもより小さく感じられた。クーたんも千鶴も、工藤を〝悪い人じゃない〟と感じていたが、知らないところに来て心細いことに変わりない。

今度は工藤がクーたんを寝かせると、スクラブのポケットからメジャーを出して、頭のてっぺんから足の先までの長さを測る。そして、問診票の身長の欄に〔35㎝〕と記述した。そこは、〔※院での測定結果、記入不要〕となっていた項目である。

工藤が、クーたんの顎の下を指先でこちょこちょくすぐるように動かす。

「クーたんさんは、成長して今の毛の色になっていますが、もともとシロクマなんですね」

「はい」

と応えてから、千鶴は顔が赤くなる。〝成長〟とは、気遣いのある言葉だ。つまりは、かわいがりすぎた結果なのだから。顎と首の間のほか、尻尾の下や足の甲の付け根の部分に生まれた頃の名残の白い毛を垣間見ることができる。

問診票の〔推定年齢〕の欄に、千鶴は〔27歳〕と書いていた。二十七年前に自分は、いや、自分たちはクーたんと出会ったのだ。あの日、和彦はゲームに勝ったら、千鶴にプロポーズするつもりでいたらしい。ふたりは、今は閉園してしまった都内の遊園地にいた。そして園内のアーケードゲームコーナーで、和彦はそのゲームに挑んだ。ゴムでできたニワトリの載ったシーソーをハンマーで叩いてニワトリを飛ばし、的の寸胴鍋に入れるというゲームである。はっきり言って和彦は不器用だし、勘もよくない。だが、その日は違った。和彦が思いっ切りハンマーを打ち下ろすと、シーソーのニワトリはアーケードの天井に届かんばかりに高々と舞い上がり、三羽すべてが鍋の中にすっぽりと飛び込んだのだ。珍しく高揚した表情でハンマーを突き上げた和彦に、ギャラリーがまばらな拍手を送ってくれた。勝者の景品はシロクマのぬいぐるみで、それを抱えた和彦が、「我々は結婚してはどうだろう？」と気取った口調で告げた。千鶴は、「なにそれ？」と不満な顔をする。和彦が今度は、シロクマのぬいぐるみを捧げ持って、「結婚してください、チーちゃん」と言った。その瞬間からこの子は、ふたりをつなぎ留める存在になったのだ。

「ご入院に際しては、まず検査を行います」

と工藤が、説明を始めた。

「ぬいぐるみさんのほとんどは、最初はどこかの売り場なりに並んでいた既製品です。しかし、年を経る中で抱き癖や綿のへたりが生じ、風合いや表情が変化します。これが、成長であり、その子らしさになるわけですよね」

クーたんらしさは、足の角度だ。右足は真っすぐに近いのに対し、左足はやや斜めになっている。右腕はやや開いているのに、左腕は身体にぴったり付いていた。一番抱っこしていたのは千鶴である。これは、千鶴の身体に添うようにできてしまった、クーたんの抱き癖なのだ。

「えーと」工藤が問診票に目を落とす。「ご要望があるのは、耳鼻咽喉科の治療ですね」

「あの」

「なんでしょう？」

工藤が顔を上げ、こちらを見た。

「年を経る中での変化は、その子らしさだとおっしゃいましたね」

「はい」

「それなら、このままでいいと思うんです」

そこまで話を聞いた麻衣が、「では結局、クーたんさんを入院させずに、ぬいぐるみの病院をあとにされたのですね？」と言う。

ひとみソーイングクリニックの星子や工藤と同じく、自分も〝クーたんさん〟と呼んでいた。

「ええ」と千鶴が応えた。「家に帰ってから、娘の彩佳にも責められました」

彩佳が呆れた表情でこちらを見る。

「お母さん、なんのために行ったわけ？」

非難しながらも空腹には勝てないらしく、千鶴の焼いた餃子をまたひとかじりする。

「だって、必要性を感じなかったんだもの」

「なんで今さらそうなる？　クーたんの鼻がガビガビになっちゃったから、直しに行ったんじゃない。必要性なら充分にあるでしょ」

クーたんのこげ茶色の鼻は合成素材でできていて、それがいつの頃からかひび割れてしまっていた。

「そうなんだけど……」

千鶴は口を濁す。

彩佳が帰宅するのを待って、一緒に夕食にした。二年前大学卒業とともに今の会社に就職した彩佳は、仕事が面白くなってきたようで残業することも多い。彩佳の分の食事の支度はしても、夕食を一緒にとらないことが多くなった。たいがい夕食は、クーたんとふたりきりだ。

千鶴は鶏肉のカシューナッツ炒めをサーバーで小皿に取ると、隣の席にいるクーたんの口もとに近づける。そして、箸で食べさせてあげた。

それをテーブル越しに眺めていた彩佳が、「せっかく、あたしがいいとこ見つけたのに」と、もうひとくさりする。

数日前、スマートフォンでニュースサイトを眺めていた彩佳が、ひとみソーイングクリニックの記事を偶然目にしたのだった。いや、彩佳はクーたんの鼻のことをずっと気にしていたから、わざわざネット検索して探し出したのかもしれない。

「直してあげたほうがいいと思うよ、クーたんの鼻」

しかし千鶴は、やはり曖昧な笑みを浮かべるだけだった。

「それはそれとして、今日の餃子うんま！」

ようやくご機嫌な笑みを浮かべた彩佳に、「皮もお手製なの」と伝える。

「へえ、いい仕事してるじゃん」

なんのことはない、実は餃子の皮を買い忘れたのだ。家に着いてからそれに気づき、千鶴はひどく後悔した。近頃、どんなことであれ、自分がしでかした失敗を深く悔いるようになった。今日のような買い忘れだけでなく、キュウリが安いからとたくさん買って腐らせては悔やみ、衣替えの時に古着のリサイクルの日にちを間違えて回収場所に行っては悔やんだ。もともと自分はうっかり者で、日常の失敗は今に始まったことではない。それなのに、ひとつひとつをしつこく悔やむようになってしまっていた。

今日は発奮して、餃子の皮をつくることで、気持ちをポジティブに切り替えようとしたのだ。けれど、自分が失敗したことへの憤りは燻り続けている。このままだと、他人の失敗に対しても過剰に責めてしまうようになるのではないかと心配だった。

その翌朝、千鶴はまた早くに目が覚めてしまった。夜はなかなか寝つけないし、やっと眠ってもこうして四時台に目が覚めてしまう。

枕もとで寝ているクーたんに指を伸ばす。そして、クーたんの左手を握った。自分が起きてしまった時は、クーたんも起きていてくれる。

ついさっきまで浅い眠りの中にいて、千鶴は二年前を思い出していた。和彦と神奈川県の大山に紅葉狩りに行った時のことを。小田急線の伊勢原駅前を出発した路線バスは、山の中腹まで乗り入れる。終点で降りると、すぐに石段のゆるやかな上り坂の参道になっていた。ケーブルカーの駅へと続く参道の両脇には、覗いてみたくなる土産物屋が軒を連ねている。前を行く和彦のリュックから顔を覗かせたクーたんが、目をきらきらさせていた。

焼き鳥のいいにおいが、クーたんのひび割れた鼻にも届いているだろう。クーたんは食いしん坊だ。しかしまずは山上の神社にお参りを済ませてからと、ケーブルカーの駅を目指す。

古い石段は、着物の時代に歩きやすいようにつくられているのだろうか？　洋装文化の現代では歩くのが疲れる高さになっている。そのせいか、和彦の息が荒かった。

「ダメだ、先に行って」

音を上げた和彦を尻目に、「もうだらしないな」とひと足先に駅で待つことにする。あとからやってきた和彦に、「運動不足なんじゃないの？」と言ったら、照れ笑いしていた。若い頃は痩せぎすですらあった和彦だが、この齢になればそれなりに肉がついている。それは千鶴だって……。

全線三駅という短いケーブルカーの終点にある阿夫利神社を参拝する。

「相模湾から吹く湿った風がぶつかって伊勢原に雨を降らせることから、大山は雨降山と呼ばれてるらしいんだ。阿夫利は、雨降りが転じたものらしいよ。その一方で降雪が少なくて、東京が大雪の日に社用でこっちに来た時、積もっていないのにびっくりしたっけ」

そう和彦が観光ガイドする。彼の発案で、若い頃からふたりしてあちこち小旅行した。もちろん、クーたんも一緒だ。

「あそこ、江の島よね」

千鶴は、紅葉した山々と湘南海岸から三浦半島まで見渡せる眺望にうっとりする。和彦はクーたんにも景色を見せてやろうと、くるりと背中を向けた。リュックから顔を覗かせているクーたんの目にも、湘南の海が映っている。

「きれいだね、クーたん」

千鶴は呼びかけた。

和彦が背を向けたままで、「今度は江の島に行こう」と提案する。

参道に戻ると、いよいよクーたんお待ちかねの土産物屋さん巡りだ。あちこちの店で、干しイチジクや、かりんとう、大豆入りの飴、味噌こんにゃくなど次々に試食させてくれる。それらを千鶴は、和彦のリュックにいるクーたんにも食べさせる。和彦も喜色満面だ。そしてクーたんに気がついた店の若い女の子に、「わあ、かわいい」などと言われようものなら、夫婦して嬉しくなってしまう。

大山の名物は丹沢山系の清水をつかった豆腐とゆばだ。参道には、趣のある料理屋や旅館の看板も見える。その一軒に入り、豆腐とゆば会席を味わった。ゆばと柿の白和え、豆腐とぱりぱりしたゆばのサラダ、柚子の香りのするくず豆腐、菜の花の酢の物、さつまいものゆば包み揚げ、湯豆腐。それに、お酒もちょっと。本当の旅の目的は、こちらである。

ふたりとも、おいしいものを食べるのが大好きだ。クーたんが食いしん坊なのは、自分たちの影響だ。和彦と千鶴が好きなことは、クーたんも好きだ。とはいえ、クーたんはお酒は飲まないけれど。千鶴の膝の上で、クーたんはご満悦の顔である。クーたんは、和彦を〝カズ〟と呼ぶ。千鶴は〝チーちゃん〟だ。自分たちが、お互いをそう呼び合っていたから。

「息が苦しい時がある」と和彦が口にしたのは、それから数日してからだった。心配いらないと彼は言うが、彩佳も千鶴も医者に診てもらうように強く訴えた。和彦が渋々行きつけの医院で診察してもらったところ、「大学病院に紹介状を書くので、至急精密検査を受けてください」と言われてしまった。

まずＣＴ検査を受けたところ、「右胸中葉に、一・五センチの気になる影があります」と医師に告げられ、検査入院することになった。それでも和彦は、「そうなんだよ。子どもの頃、知らないうちに結核にかかって、いつの間にか治ったみたいなんだ。その痕が影になって写るんだよ」と余裕しゃくしゃくだった。そんな和彦の様子を見て、千鶴も大事にはならないだろうと安心していた。

ＭＲＩ、ＰＥＴ、呼吸器などの検査ののち、ふたりで診察室に入ると、いきなり医師に宣告された。

「がんが肺の上葉、中葉に二個あります。小細胞がんという質の悪いものです。ステージ4です」

「そうですか」

と和彦が落ち着いた声で言った。

「手術は不可能で、抗がん剤の治療を行います」

なおもそう伝えられ、通院の日程は決めたけれど、千鶴には事態がよく呑み込めないままに診察室を出た。

中央待合ホールにある自動精算機の前で、和彦が慣れない支払いに手間取っているのを少し離れたところで千鶴は見ていた。自分は悄然とした表情をしていたのだろう。いつの間にかそばにやってきていた和彦が、「俺、頑張るから」と笑みを投げかけてきた。


「〝頑張る〟って言ってたのに……」

麻衣の目の前で千鶴が、小さく呟いた。自分は黙っているしかない。

すると、さらに彼女が言葉を重ねた。

「いいえ、夫は確かに頑張ったのです。つらい治療にも耐え、半年前——去年の初冬に力尽きました」

「お悔やみ申し上げます」

麻衣はお辞儀する。

千鶴が会釈を返した。

「夫の入るお墓を建てても、わたしが死んだあとは娘が引き継ぐことになります。それもかわいそうだな、と。娘がお嫁に行ったら、嫁ぎ先にもお墓があるかもしれませんものね」

よく耳にする現代のお墓事情だ。

「入院中も夫は、〝江の島に行きたいね〟と繰り返していました。で、相模湾に散骨しては、と思い立ったんです。湘南での散骨を娘がインターネットで調べていたら、こちらのホームページに行き着きました」

「しかし佐原さんは、実際に散骨を行おうかどうしようか、まだ迷われているのですよね？」

「ええ。先ほども申しましたが、散骨をしたあとで自分がまた後悔するのが怖いんです」

「散骨は、いつまでにしなければいけないという決まりはありません。タイミングについては慎重に考えたほうがいいです」

火葬後に遺された骨を箸で骨壺に納める骨上げの儀式を行う習慣がある日本人は、遺骨への執着が強い。いつまでも遺骨を手放せなかったり、気持ちの整理がつかないまま散骨をしてしまい、かえって悲嘆反応が強く表れてしまうケースもあるようだ。

「散骨によりすべての遺骨を手放してしまうと心のよりどころを失ってしまうのではないか、とご心配する方のために、遺骨の一部を身近に置く手元供養（てもとくよう）という選択肢があります」

千鶴が、素早く麻衣に目を向けた。

「手元供養、ですか？」

「ご遺骨の一部を小さな骨壺に残したり、メモリアルペンダントに入れて身に着けたり。遺骨から人工ダイヤモンドをつくる技術なども開発されています」

散骨については未定だが、ひとまず和彦の遺骨を粉末化することになり、千鶴と彩佳が石浜にやってきた。彩佳が車を運転し、遺骨の入った骨壺を乗せてきている。

石浜の工房の一角を仕切って、粉骨室をつくった。大工仕事をしたのは緒方だ。石材加工だけでなく、そうした作業も器用にこなしてしまうのが緒方である。緒方と隆一は、魂入れ（たましいい）の手伝いで寺に出掛けている。魂入れは、新しく墓を建てた時に亡くなった人の魂を墓に宿らせる儀式だ。

麻衣が機械を使って粉末化した遺骨を、彩佳と千鶴にさじを使って水溶性袋に納骨してもらう。袋は桐の箱に納め、風呂敷を掛けて持ち帰ってもらう。

すべての作業を終えると、ふたりを応接室に案内した。麻衣が事務所の給湯室でお茶を淹れ、応接室のドアの前まで戻ってくると中から母と娘が言い合う声が聞こえた。

「ほんとに、あのままでいいの？」と彩佳が詰め寄り、「必要ないもの」と千鶴がかわす。それに対して彩佳が、「あたしはヤだからね」と反発した。

麻衣がノックすると、室内の声がやむ。ドアを引いて中に入ると、気まずい空気が流れていた。

そこで麻衣は、「散骨のことでしたら、急がなくていいと思うんです。粉骨されたのだし、自宅供養というかたちもありますので」と提案した。

千鶴がほほ笑み返してくる。

「浜尾さん、ごめんなさい。わたしたちが話していたのは、別の件なんですよ」

すると彩佳が、再び強い口調で言い募る。

「ねえ、絶対にこのままでいいはずないって！」

彩佳に激した表情はない。むしろ、悲しげにしていた。

「クーたんの鼻のこと、あたしのせいだってずっと責められてる気がしてるんだ。〝クーたんが嫌いなのはネズミ〟なんて言ってるけど、ほんとはあたしなんでしょ⁉　だって、クーたんの鼻があんなふうになったのはネズミがかじったせいじゃない！　あたしがやったことだから！」

それを聞いて、あのクマのぬいぐるみさんのことだ、と麻衣も理解する。

彩佳が、こちらに顔を向けた。

「母は、浜尾さんにもクーたんのことを話したって言ってました。あたしが小学三年生の時、クーたんの鼻を指で捻（ひね）ったんです。それが原因で、今になってクーたんの鼻は合成素材でできてる表面ががびがびに剝けてしまいました。あたしは、クーたんの鼻を直してほしい。だから、ぬいぐるみの病院を見つけて、連れて行くように母に勧めたんです」

今度は彩佳が、千鶴のほうを向く。

「お母さんは過去ばかり見てるんだよ。だから、後悔ばっかりしてる。前に目を向けられないから、お父さんの散骨の決心もつかないの。ねえ、あたしも一緒に行くから、クーたんの鼻を直そう。それで、これから先のことに目を向けよう」

3

一ヵ月経って、千鶴がひとりで石浜を訪ねてきた。そして、正式に散骨を依頼される。

「わたしなりの手元供養を見つけました」と彼女は言っていた。

そして翌週、佐原和彦の散骨式を執り行った。第5おおつ丸に千鶴と彩佳を乗せ、江の島沖に出る。梅雨の晴れ間で、富士も、千鶴夫妻が登ったという大山も見渡せた。船には、拓海も同乗してくれた。「おまえひとりに操船させて、なんかあったら寝覚めが悪りぃしな。当分は一緒に乗るよ」そううそぶいていたが、彼は心配してくれているのだ。もちろん、千鶴と彩佳も乗るわけだし、安全を考慮し協力してもらったのである。

そんな拓海と、お互いが休みの日に会う。母と和彦の、二件の散骨を助けてもらった礼に食事を共にすることにしたのだ。家に招いて手料理でもてなすようなまねが、自分にはできなかったから。

明るいうちからぱっと飲もうと昼下がりの一時に待ち合わせたが、この日はあいにく雨がそぼ降っている。江ノ電を江ノ島駅で下車し改札を出ると、拓海が待っていた。色褪せた黒いポロシャツにジーンズ姿である。自分は水色のワンピースを着ていた。ふたりで傘を差し、並んで歩き始める。駅前は、観光客相手のクレープ屋や海鮮丼の店、土産物屋があるかと思えば、そこに民家が入り交じる風景だ。

間もなく海が広がり、目の前に江の島が現れる。

「江の島って、しばらく行ってないかも」

と麻衣は呟いた。

右手に片瀬漁港が見え、そこから海には出ているが、島に入ったのはいつが最後だろう？

「行ってみっか」

拓海が言って、ふたりで江の島弁天橋を渡り島へと向かう。

自然と仕事の話題になった。

「佐原千鶴さんなんだけど、散骨式の予約だったら電話で済んだんだ。わざわざ石浜に来たのは、話をしたかったんだと思う」

「どんな話をしたんだ？」

「ぬいぐるみの病院について」

不思議そうな顔を向ける拓海に、麻衣は最初から語って聞かせる。彼は黙って耳を傾けていた。

「千鶴さんは、彩佳さんに切望されて、今度はふたりで一緒にぬいぐるみの病院を訪ねたの」

ひとみソーイングクリニックは、夜の七時まで開院している。勤めを終えたスーツ姿の彩佳と上野駅で落ち合い、ぬいぐるみの病院に向かう。三角屋根の古い木造建築に、彩佳もびっくりしていた。陽が落ちて、今日は玄関の張り出し屋根にあるピンクの丸いランプに明かりが灯(とも)っていた。

待合室にいると、あの元気のよい星子が、「クーたんさん」と呼びにきた。

「こちらにどうぞ」

星子に案内されたのは、先日と同じあの部屋である。しかしそこにいたのは、ひげ面の工藤ではなかった。

「院長の金久保(かなくぼ)ひとみです」

ウエーブを帯びたグレーヘアにピンクフレームの眼鏡。思い出した。こちらを見てほほ笑んでいるのは、あの日、クリニックの玄関で行き違った女性である。

「今日は、おふたりでいらしたのね」

と、ひとみも千鶴を覚えていたようだ。

「あの日は、会計士の先生のところに会いにいっていたんですよ。こうしてクリニックを運営するのも大変なの」

と屈託のない笑顔を向けてくる。そんな話を、来院者にしゃべってしまっていいのだろうか？　だが、おかげでこちらの肩の力が抜けたのは確かだ。隣にいる彩佳も同様らしい。

千鶴の膝で、クーたんの目が光っていた。

「この建物ね、以前は歯医者さんだったみたいなの」

「ああ、それで」

と、千鶴も思わず言葉を返していた。いかにも病院みたいに見えるわけだ。

ひとみが頷く。

「うちにぴったりだと思って、借りたのね。そしたら、人間の病院だと勘違いしてくる方がいて。でね、玄関のランプをピンクに変えたの。以前は赤だったから」

「ピンクにしたのは、なにか意味があるんですか？」

と彩佳が訊く。

「〝人の身体に流れる血液と、ぬいぐるみさんの中にある綿の白を合わせた色にしましょう〟って、統括（とうかつ）が決めたのよ。あ、統括っていうのは、クーたんさんとおふたりをこのカンファレンスルームに案内した星子さん」

「あの明るい感じの」

　と千鶴が言ったら、再びひとみが頷く。

「明るくて、しっかり者の統括部長。あたしらは、統括って呼んでますけどね。工藤先生とあたしがスムーズに治療に入れるよう、細々とした差配や段取りをしてくれてます。ぬいぐるみさんの治療に入ると、あたしらはほかのいっさいが目に入らなくなるものですから」

　すかさず彩佳が質問する。

「クーたんが入院した場合の、治療の流れを教えていただけますか？」

「まず検査ですね」

　とひとみが応じる。

　千鶴がひとりでやってきた時には、ここまで聞いて帰ってしまったのだった。工藤の「年を経る中で抱き癖や綿のへたりが生じ、風合いや表情が変化します。これが、成長であり、その子らしさになるわけですよね」という言葉に、やっぱりクーたんはこのままでいいんだと確信したからだった。千鶴は、今も変わらずそう思っている。

「クーたんさんを、こちらにいいですか？」

　千鶴は膝の上にいたクーたんを、テーブル越しにひとみに渡す。ひとみは、さすがにぬいぐるみを扱い慣れていた。彼女が、クーたんを手にしただけで安心感が伝わってくる。まるでベテランの小児科医といった感じだ。

「先日いらした時に、工藤先生が身長を測ってますね」

「はい」

千鶴は応えた。

「検査の際に、おケガの具合を診ます。そのあとで、どんな姿で退院されることを望まれているのかを丁寧にヒアリングします。たとえばクーたんさんの場合、足の左右の角度が違っています。それをケガと感じるか、個性と感じるか。足の角度が違うところがクーたんさんのよさだとお考えなら、そのままにします。左右対称にするのがお望みなら、そうします」

もちろん左右の足の角度が違うのは、クーたんの個性だ。そこが、たまらなく愛おしい。出会ったあの日から、ずっと一緒にいた。抱き癖だけじゃない、クーたんのあちこちにこれまで一緒にいた時間の痕跡が残っている。

他人同士が一緒に暮らすのが、結婚だ。若い和彦と千鶴は、手探りで始めた生活のそこここで、クーたんに緩衝材になってもらった。激しく言い合いをした翌朝、気まずい空気を和ませてくれたのはクーたんだった。ひとりでは言えない「おはよう」も、クーたんと一緒ならば口にできた。それさえ言えれば、自然と「昨日はごめん」が伝えられるのだ。

「クーたんさんは、生まれた時よりも体重が増えてませんか？」

ひとみが、こちらに視線を向けていた。

「ええ」

ある朝、出勤する和彦をクーたんと一緒に玄関まで見送った。靴を履いたあと振り返った和彦に、クーたんを渡す。それが、毎朝の「いってらっしゃい」のルーティンだ。抱っこした和彦が、クーたんのお尻に手を当てると慌てた顔になった。「大変だ！　お尻に穴が開いてる‼」

「それは、綿口がほどけたんですね」とひとみが解説する。「綿口の部分は手縫いなんで、ほどけることがあります。綿口は、クーたんさんのようにお尻だったり、脇の下だったりします。首輪などの飾り物を身に着けているぬいぐるみさんなら、その下にあります。成長したぬいぐるみさんは、毛が絡まるなどして、綿口が見つからない場合もあるんです」

出勤しようとする和彦は、「せっかくだからって言うのもなんだけど、開いた穴から、綿を少し足してやったら」と千鶴に言ったのだった。

「で、その時に、綿を足したわけですね？」

と確認するひとみに向けて、千鶴は、「はい、結構たくさん入れました」と応えた。

千鶴は、決して裁縫が得意なわけではない。ミシンも持っていなかった。クーたんの服もサイズが合うのがないので、仕方なく彩佳のお下がりをハサミで切り、手縫いでせこせこ縫ってつくったのだ。和彦に言われて、綿を入れるだけ入れ、クーたんのお尻の穴を閉じた。綿を増やしたばかりのクーたんは少しいかり肩で、「なんだか、貫禄がついたな」と和彦も戸惑っていた。それも、もう何年も前のことで、クーたんの中の綿は上から下へお尻のほうに集まってしまっている。

「ぬいぐるみさんは、成長すると身体の中の綿が硬くなります。綿が固まってしまっているだけで、体重は同じなんです。検査の際に身長と体重を測るのは、退院の時、同じ身長、体重でお返しするためなんです。でも、新しい綿と古い綿では、同じ重さでも体積が違います。綿を増やしている場合、測った今の体重と同じ分の新しい綿を身体の中に入れると、ぬいぐるみさんの皮に負担がかかります。手作業で少しずつ綿を入れ、微調整することになります」

それを聞いて戸惑う。

「つまり、中の綿をすべて入れ替えるということですか？」

「そうなります」

なんだか、クーたんがクーたんでなくなってしまうようだ……。

「生産された時は、綿口にホースを入れて綿を流し込むんです」

「そんななんですね！」

と彩佳が驚いていた。

ひとみが、彩佳にそっとほほ笑みかけてから、ショックを感じている千鶴に向き直る。

「同じ型紙、同じ工程で量産されたぬいぐるみさんたちも、売り場に並んだ時には、すでにそれぞれ個体差があります。お迎えする際には微妙な違いが気に入って、その子を選ぶことになります。そして保護者さんと出会った瞬間、ぬいぐるみさんの人生は始まる。まさに、生まれるんです」

そう、まさにあの日がクーたんの生まれた日だった。だから毎年、家族でクーたんの誕生日会をした。クーたんは、最初の名前はクーだった。ゲームコーナーで、和彦がそう名づけたのだ。「クマだから、クー」だと。工夫がないなと千鶴は思ったけれど、なんとなくそのままになってしまった。それが幾星霜を経て、身体がくったりしてくるにしたがって、呼び名も「クーたん」に変わったのだった。今となってはクーたんの名前は、まぎれもなくクーたんそのものだ。

「検査に続いて、ぬいぐるみさんにはお風呂エステを受けてもらいます」

「お風呂エステ――なんか気持ちよさそう」

とはしゃぐ彩佳に向け、ひとみがさらに説明を行う。

「日頃溜まったぬいぐるみさんの疲れを癒やし、リフレッシュしてもらうのが、お風呂エステ。お風呂エステは、星子統括が担当します」

「わあ、てきぱきしてそう」

「ただ、入浴方法については、少しびっくりしてしまうかもしれません」

「え、それってどういう？」

彩佳は興味津々だが、千鶴の中では不信感が芽生え始めている。いや、その感情はクリニックを再訪する以前から抱き続けているものだ。

「お風呂エステは、ぬいぐるみさんの綿を抜いた状態で、皮だけで受けてもらいます。綿ごと洗うと、水を吸って重くなり、皮が破れるリスクがあるからです」

かつて千鶴も、クーたんを洗ったことがある。シロクマだったクーたんの毛並みが、グレーに変わってしまったからだ。洗面台で湯浴(ゆあ)みするクーたんは、嬉しそうだった。洗面器の湯が真っ黒になって、その分、クーたんはもとの白い毛色に戻った。ただ、そのあとで洗濯機で脱水するのが、クーたんは目が回って怖いのだ。しかし綿が水を吸っている以上、脱水機を使わざるを得ない。身体に負担がかかるため、最近は洗うのをやめてしまった。でも、それでいい。クーたんの毛の色も、へたり具合も、すべてがこの子らしさなのだから。

「院長先生はおっしゃいましたね、〝保護者さんと出会った瞬間、ぬいぐるみさんの人生は始まる。まさに、生まれる〟と」

千鶴は抑えきれず、そう口にしていた。

「ええ、確かに言いました」ひとみが穏やかに返す。「ぬいぐるみさんのお疲れやケガは、保護者さんと一緒に過ごした時間の記憶なのです。もちろんその時間は、楽しいばかりではなかったはず」

そう、わたしたちが病気と闘っている時も、クーたんは一緒にいてくれた。和彦の病室を、クーたんは千鶴と一緒に訪ねた。

「ぬいぐるみさんは、楽しい時もつらい時も、保護者さんと一緒にいます。ただ、じっと一緒にいます」

クーたんも一緒に闘ってくれてたんだ。カズがよくなるように、励まし、祈ってくれていた。クーたんと三人で、病院の窓から雨上がりの虹を見たね。ありがとう、クーたん。ありがとうね。なのに、わたしはどうだ？　大山に行った時、歩くのがつらくなった和彦に対して、こともあろうに「もうだらしないな」と言い放ったのだ。そして、彼を置き去りにしてしまった。クーたんは、和彦と一緒にいたのに、自分ひとりだけケーブルカーの駅に向かったのだ。急ぐ必要などなにもなかったはずだ。自分のペースで歩くことが、ただ気持ちよくてそうしたんだ。おまけに、あとからやってきた和彦に、「運動不足なんじゃないの?」と嫌味をぶつけた。いや、自分はもっともっと大きなしくじりを犯している。なぜ和彦に、胸部レントゲン検査を受けさせなかったのだろう。職場の定期健診で、肺に結核の痕があるという和彦は「どうせ引っ掛かるから」と言い張って、胸部レントゲン検査を受けなかった。「タバコも喫ってないんだし、わざわざX線を浴びることもないだろ」と。しかし千鶴のほうで、もっと強く受診を勧めるべきだったのだ。和彦が言うようにレントゲン検査で引っ掛かって再検査になっていたら、もっと早くがんが見つかっていたかもしれないではないか。

「クーたんは、このままでいいと思うんです」と千鶴は言う。「綿がへたっても、毛が絡まったり、抜けたりしても、それは、クーたんと一緒に過ごした時間の証なわけですから」

「もちろん、それでもいいと思います」

とひとみが応じる。

「待ってください!」彩佳が慌てて口を開く。「鼻だけ直すことはできないんですか? ほかはそのままで、鼻だけを外して治療するとか、新しい鼻を付け直すとか」

「鼻の治療は、綿口から綿を抜いて、皮をひっくり返した状態で行います。クーたんさんのお鼻は、綿を合成素材の皮でくるんでできています。そのお鼻は、お顔の皮の内側から留め具でしっかりと固定されているんです。内側から留め具を外すしかありません」

「クーたんの鼻をこんなふうにしたのは、あたしなんです！　あたしがいけないんです！　あたしが子どもの頃、クーたんの鼻を指で潰したせいで……」

彩佳が生まれた時、「あなたのお兄ちゃんよ」とクーたんを紹介した。幼い彩佳は、クーたんと仲良く遊んでいた。でも、成長するにしたがって自我が芽生えると、次第にクーたんが疎ましくなったようだ。「あたしよりクーたんが大事なの？」と口にするようになった。そして小学三年生だったある日、クーたんの鼻を強く捻った。「なにしてるの!?」千鶴が急いで近寄ると、クーたんの鼻が潰れて縦長になっていた。「もう、こんなことしないで！」千鶴は強く言った。それなのに彩佳は、何日かして同じことをまたした。「やめてって言ったのに……」千鶴は、泣きながら訴えた。彩佳は千鶴の涙に驚いて、もうしなくなった。でも、どうしてあんなことしたの？　どうして？　どうして？　だから、クーたんの鼻はこんなふうに……。

「クーたんさんのお鼻は、彩佳さんが子どもの頃に指で摘んだことが原因ではありません」

ひとみの言葉に、ふたりともはっとする。

「お鼻の綿を包んでいる生地は、破れていなければアイロンを掛けて、そのまま再利用します。ただし、紫外線による陽灼けで劣化していることがほとんどです。触らなければ、そのままというものでもないんです。生産された瞬間から劣化が進んでいるので」

「ほんとにあたしのせいじゃないんですか!?」

彩佳の問いに、ひとみがゆっくりと頷く。

「クーたんさんのお鼻は、陽灼けと経年劣化が原因です。人間の肌もそうなんですよ。人が生きるには酸素が必要ですが、この酸素に触れることによって、皮膚は生まれた時から日々酸化が進んでいるんですもの」

彩佳は少しほっとしたような顔をしていた。そして千鶴は、ひどく恥じ入っていた。わたしは心のどこかで、クーたんの鼻のひび割れを彩佳のせいにしていたんだ。彩佳はそれに気がついていて、だから鼻を治すことにこだわっていた。

千鶴は言う。

「院長先生のおかげで、クーたんの鼻のケガの理由も分かりました。でしたら、なおさらクーたんはこのままでいいです」

「千鶴さんがクーたんさんと一緒にしっかりと今を生きているのなら、それでいいと思います」

「どういうことでしょう？」

　そこで発言したのは彩佳だった。

「クーたんって、なんだか寂しそう。前は、いろんな表情をしていたのに。まるで、クーたんの時間が止まっちゃったみたい」

　クーたんの時間が止まってるなんて、そんなはずない！

「なんでそんなこと言うの⁉　クーたんの時間が止まってるなんて⁉　クーたんは、わたしと一緒に生きてます！」

　取り乱して大声を出していた。

「お母さん……」

　彩佳が言葉を失っていた。

　クーたんがテーブルの上に座り、じっとこちらを見ていた。千鶴は愕然とする。クーたんの時間を止めてしまったのは、わたしだ……。

　和彦の病気に関してああすればよかった、こうすればよかったと悔いてばかりいたのだ。自分は過去に囚われていた。いつまでも過去で足踏みし続け、クーたんも巻き込んでしまっていた。

「ぬいぐるみさんのおケガや疲れは、自然治癒するものではありません。だから治療が必要です」ひとみがゆっくりと言う。「ぬいぐるみの病院を訪れる方の理由はそれぞれです。でも、ぬいぐるみさんと保護者さんが、これからも一緒に生きていこうとする決意——というより、〝これからもよろしくね〟って感じかしら——そこは共通してますよね」

「お母さんも、クーたんにしちゃえば、〝これからもよろしくね〟を」

彩佳がそう言って笑う。

千鶴は、なんだか目が覚めた思いがした。

拓海と麻衣は、つづら折りの石段を上がって江島神社の三社ある拝殿を巡り拝礼する。拓海と同じく、麻衣も海の民となった。江島神社は海の守護神である宗像三女神を祀っている。平日だし、雨で人出が少なかった。

さらに石段を上っていく。気取ってヒールのある靴で来たのを、麻衣は後悔していた。濡れた石段に、これほど不向きなものはない。やっと、展望灯台のある頂上に着く。息を呑む絶景が広がっているかと思えば、雨雲の下でそうはいかなかった。

白くかすむ沖を見つめながら麻衣が言う。

「千鶴さんは、ぬいぐるみさんを入院させたの」

拓海が黙ったまま頷いた。

千鶴は半月後、退院するクーたんをひとみソーイングクリニックに迎えに行った。この日も、仕事を終えた彩佳と上野駅で待ち合わせる。

ピンクのランプの下を通ってクリニックの中に入り、待合室にいると、「クーたんさんの保護者さまー」と星子統括が呼びにきた。カンファレンスルームでは、笑顔のひとみが待っていた。そして、テーブルの上には……。

千鶴は言葉が出ない。

代わりに彩佳が呼びかけていた。

「クーたん」

シロクマに戻ったクーたんが座っている。特に汚れが激しかったマズルの上、両手と両足の甲、フェルト状の足の裏も真っ白になっている。肩口など毛が抜け、地肌が剝き出しになっていたところも植毛されていた。

「地肌が劣化しているところは植毛に耐えられないので、裏側から補強材を当てています。外見だけでなく、身体の中から丈夫にするってこと。いわば予防医療の一環ね」

ひとみは治療の成果に満足げだ。

「毛並みもふわふわ」

彩佳がため息をもらす。

「白い毛といっても、年月を経ると灼けムラができて、微妙に色合いが違ってくるんです。ですから複数の糸をブレンドして、一本ずつ針を差し込み調整しながら毛並みを揃えていきます」

だからといってクーたんは新品に戻ったのではなかった。左右の足の角度など、一緒に過ごした時間の記憶は留められている。

そして顔。クーたんの顔は、少しも変わらずそのままだった。きれいに治療された鼻を除いては。

千鶴は涙がこぼれそうになる。

――おかえりなさい、クーたん。

――チーちゃん、ただいま。

治療の経過は随時、クリニックの個人ページに画像で報告される。皮の裏側は、見たくないという保護者も多いらしい。千鶴もそうだったので、そのあたりの画像はアップしてもらわなかった。「自分が注射する時、腕に針が刺さるところを見たくないのと同じ感覚かしら」と、ひとみは笑っていた。

クーたんの鼻を見ていた彩佳が、「よかったね」しみじみそう呟く。それはクーたんに向けてか、あるいは自分に向けて？　それとも千鶴に向かって言ったのか？　……いや、すべてだろう。

拓海と麻衣は石段を下り、参道の両側から庇（ひさし）が突き出すようにして並ぶ店々の一軒に入った。磯料理屋（いそりょうりや）の中は、サザエのつぼ焼きのにおいが漂っている。隅のテーブル席に向かい合って座り、まずは生ビールでのどを潤（うるお）す。

「千鶴さんは、〝わたしなりの手元供養を見つけました〟って言ったの。そして、ハート型の小袋を見せてくれた。それは、ピンク色をしている。なぜかっていうと、ハートを赤くしたら、クーたんさんのように白いぬいぐるみさんでは、透けてしまうから」

拓海が生ビールのジョッキ越しにこちらを見る。

「つまりその小袋が、ぬいぐるみクンの中に入っているわけだな」

〝ぬいぐるみクン〟という言葉に、ぶっきら棒な拓海の底にある優しさが感じられた。

彼が、さらに続ける。

「小袋の中に、粉骨を入れて手元供養してるってことか」

麻衣は首を横に振った。

「袋に入っているのは、取り出した綿の一部。それをハート型の小袋に入れて、クーたんさんの身体の中に戻したってわけ。ぬいぐるみの病院では、希望する人にそれを行っているんだって」

拓海の顔に「？」マークが並んでいた。

「古い綿の一部を戻すことが、なぜ手元供養になるんだ？」

「小袋に入ったクーたんさんの綿は、和彦さんとの思い出なんだと思う。ううん、〝関係〟の証かな」

「〝関係〟？」

相変わらず意味不明といった表情の拓海を、麻衣がしっかりと見つめる。

「和彦さんはこの世を去ったけれど、千鶴さんとの間に築かれた〝関係〟は変わらない。その確認の証なんだと思う。それが千鶴さんの〝わたしなりの手元供養〟なんじゃないかな。和彦さんの遺骨はすべて海に撒いた。けれど、ふたりの〝関係〟は永遠なんだって」

「なるほど」

「あとね、話にはまだ続きがあるの」

さまざまな配慮と手厚い治療を受け、クーたんは退院する。

「千鶴さんお手製のお洋服も、クリーニングしておきました」

そう言いながら、ひとみが手慣れたようにシャツとオーバーオールをクーたんに着せてくれる。

クーたんを抱っこした千鶴が、ひとみと彩佳と一緒に廊下を歩いていくと、待合室で女の子が声を上げて泣いていた。学齢に達するかどうかくらいの女の子だ。

「どうしたの？」

千鶴が女の子に声をかけると、一緒にいた母親が困り顔で返す。

「この子がかわいがってるクマちゃんを入院させたんです。さっきまで泣くのを我慢してたんですけど……」

女の子が、千鶴の腕にいるクーたんを見た。

「おばちゃんのクマちゃん、たった今退院したばかりなの」

女の子のしゃくり上げは治まっていた。

「おばちゃんも寂しかった。でも、すぐによくなって帰ってくるから」

女の子が頷く。ひとみと彩佳が、ほほ笑ましい表情でこちらを見ていた。ふたりの背後の待合室の壁に、〈看護師急募！　委細面談〉の張り紙があるのが目に映る。千鶴は事務のパートを辞め、これまで和彦に寄り添ってきた。

千鶴が、求人の張り紙をじっと見ているのに、ひとみは気がついたらしい。

「星子統括の補助的な役割をする看護師さんを探しているの。受付をしたり、電話を受けたり、なにより保護者さんと一番最初に会って、話をよく聞いてもらう仕事よ」

と言った。


「千鶴さんはね、ぬいぐるみの病院で看護師として働くことになったんだって。女の子に接する千鶴さんの姿を見て、ひとみ院長が、〝やる気があるのなら〟と即決したみたい」

「前を向いて歩き出したってことなんだな」

赤エビやホタテの浜焼きを肴に、ふたりで冷酒を飲んでいた。

「歩き出す――そう」と、拓海の言葉を麻衣は繰り返す。「葬ればそれで終わりってことじゃない。遺された人たちは、そこから次の道へ歩き出す。そして、悲しみは消えたわけではない。だからあたしは、遺された人たちが次の道に歩み出した時に、生きる支えとなるような葬り方ができるように、せめて相手の話をよく聞かなければって改めて思った」

「おまえがやってるのは、人が生きるために必要な仕事だ」

麻衣は目を上げる。

「人が生きるため？　亡くなった人のためではなく？」

「そうだ。そして、おまえはよくやってるよ」

〝人が生きるために必要な仕事〟――。拓海に言われて、しみじみ嬉しかった。

「あたし昔、墓石のセールスをするって言ったら、フラれたんだよね」

「それ、ほかに理由があったんじゃねえの？」

「なによお」

とむくれたら、拓海が白い歯を覗かせて笑った。その笑顔を見て、麻衣も心からの笑みが浮かんできた。

第六章　松ぼっくり

1

「ほい、お待ちどおさん」

拓海が大皿にぽってりとした白身の刺身を浜防風（はまぼうふう）をあしらいに、きれいに盛りつけてくる。

二〇一三年（平成二十五）春先、麻衣の姓（せい）が浜尾から大津になって一年が経っていた。五月で麻衣は三十五歳になる。

「漁協にいいイシモチがあったんで昆布じめにした。イシモチは水っぽいっていわれるが、昆布の風味と相性がいいんだ」

拓海は料理が得意だ。だから、こうしてダイニングで従業員を交えてお疲れさんの食事会をする時にも、彼が炊事を担当してくれる。まあ、従業員とはいっても、緒方のほかにもうひとり増えただけなのだけれど。

そのもうひとり、日向理央(ひゅうがりお)が耐熱ミトンをした両手で大きな蒸籠(せいろう)を運んできた。理央は二十八歳。切れ長の目をしたボーイッシュショートのクールビューティーである。石浜の海洋散骨事業部で人手が必要になり、求人をかけたところ彼女が応募してきたのだ。サービス業が自分に向いていると考えた理央は、大学卒業後に飲食業界に進んだ。だが、葬る仕事は究極のサービス業であると直感したというのが転職理由だ。言葉どおりで、非常によく気がつく。茅ヶ崎に古い一軒家を借りて、同性のパートナーとインコ、セントバーナードと一緒に暮らし始めたばかりだ。彼女が〝相方〟と呼ぶパートナーの女性は、ペット雑誌の編集者だそうだ。

「拓海さんお手製の、湘南焼売(シューマイ)です」

理央が、明るくはっきりした声で皆に伝える。

蒸籠のふたを開けると、名前の意味が分かった。焼売のタネを包む皮の代わりに、釜揚げシラスをまぶして蒸されていたからだ。シラスは湘南名物である。

「こいつはうまそうだ」と緒方が目を輝かせる。「拓海さんのビールのつまみは、曜子奥さんに負けず劣らずだな」

今も、曜子の名前が出るとしんみりした空気になった。隆一の目に寂しげな色が浮かぶ。隆一は六十三歳に、緒方は六十歳になる。隆一の短く刈った頭も、緒方の後ろでひとつに結んだ髪もだいぶ白いものが増えた。

「なあに、漁師料理ですよ。船の上で、釣り客に振る舞うことがあるんで」

と謙遜する拓海は、実家のおおつ丸から独立し自分の船を持った。釣り客の中にも、拓海の手料理のファンがいる。

麻衣は、小ぶりな焼売を箸で口に放り込んだ。

「熱っつ」

隣に座った拓海がすぐさま、「このバカ」と言ってくる。

「れも、おいひぃ」

はふはふしながら、やっと感想を伝えた。焼売のタネの豚ひき肉には、ホタテ貝柱が混ぜ込まれている。それが、シラスと豚肉を絶妙にブリッジしているのだ。麻衣はビールで流し込むと、拓海に顔を向ける。そして、ふたりだけの笑みをそっと交わし合う。

拓海と麻衣は、浜尾の家で隆一と同居していた。職場と家庭が近く、人に囲まれていることが多い拓海との結婚生活は、ロマンチックではないが満ち足りていた。

海洋散骨事業部を立ち上げた当初、拓海とおおつ丸に大いに助けてもらった。釣り船に乗るのなんてオジサンばっかりで出会いがないという彼と、同じ境遇にあった麻衣は意気投合して付き合い始めた。一昨年には東日本大震災があり、被害に遭った多くの方々に思いを寄せながら家族の絆、人と人とのつながりの大切さを改めて実感した。ロマンチックでないなんて贅沢な感想で、こうして親しい人たちと密な環境にあるのはこの上なく幸せなことなのだ。

　震災以降、盛大に執り行う葬儀から近親者だけでシンプルにする葬送の形がさらに顕著になった。それとともに、初年度は六件だった散骨の依頼が増え始めた。石浜の海洋散骨事業部も船が必要になり、拓海の伝手で、二十六フィート、定員十名の中古の船を二百万円で購入した。山口県のマリーナにあったその船をふたりで江の島まで回航したのは、操船するうえで麻衣によい体験となった。海の上で眺める夜明けは雄大だった。それは地球そのものの風景だった。紅蓮の朝焼けが浮かび上がらせる雲のシルエットは、切り立った火山群のようだ。水平線近くの薄いブルーから、上に目を移すにしたがって夜の気配を残すように濃さを増していく藍がかった青。天空の、ひと際深い群青の中で明けの明星が輝いている。その光景を見つめながら、麻衣は乗っている船をゆかりと名づけた。

　桜も咲こうという頃、石浜をひとりの男性が訪れる。そして彼の口から、麻衣は思いがけない話を聞くことになったのだ。

「有限会社石浜海洋散骨事業部の大津です」

と麻衣は名刺を差し出す。そのあとで隣にいる理央が名乗った。

「コーディネーターの日向です。粉骨から乗船しての散骨式まで精一杯お手伝いさせていただきます」

今度は相手が自己紹介する。

「株式会社オーシャンビューファクトリーの清野（せいの）です」

清野は五十歳くらいで、額の生え際がだいぶ後退した温厚そうな男性だった。

黒いビジネススーツの理央と麻衣は、応接室で清野と向き合って座る。清野は濃紺のスーツ姿だった。

「本日伺いましたのは、弊社の元副社長である辻英次（つじえいじ）の散骨をお願いしようと考えたからです。長くなりますが、故人の話をしたいのです。ただ散骨の依頼を受けていただくのではなく、故人について知ったうえで執り行っていただきたい。よろしいですか？」

理央と麻衣は揃って頷く。

「辻は私よりも十歳齢上になります。他人に対してはどこまでも優しく、自分にはどこまでも厳しい男でした」

時は昭和三十年代。小学生の辻少年は、兄の太郎に関してなにか言ってくる近所の悪ガキには容赦なく摑みかかっていった。

「おまえの兄ちゃんはな――」

「なんだ！」

くやしかった。二歳違いの太郎は幼い頃、肺炎で高熱を発した際に投与されたストレプトマイシンの副作用から全聾になっていた。

太郎の将来を憂えた両親は、就職口がなかった時に家業があればと由比ヶ浜近くで鉄工所を始めた。現場は、重労働である。父とともに油まみれになって働く母の姿は、辻の目にひどく痛々しかった。

――それにしてもどうしてこんなに報われないんだろう？　鉄工所は〝カタイ（手堅いと、鉄という硬いものを扱うの掛け詞）商売〟だっていうけど、うちは労働量の割に手堅く儲かってないじゃないか。辻の中には、母を楽にしてあげたいという思いと、家業を冷ややかに見つめる部分とが相半ばしていた。

一流と呼ばれる大学の経営学部の卒業を目前に控えていた辻は、商社への就職が内定していた。家業は有限会社辻鐵工所として法人組織となっていた。〝鐵〟の字を用いたのは、

〝金〟を〝失〟と書く〝鉄〟の字を避けたからである。対外的にはいかに会社を名乗ろうと、実のところは両親と兄で切り盛りする典型的な〝三ちゃん（父ちゃん、母ちゃん、兄ちゃん）工業〟だ。

「あんたは、うちを見捨てるつもりなの!?」家業を手伝うように泣いて説き伏せたのは母だった。聴力を失った太郎が、働き口に困らないようにと始めた鉄工所。その太郎は、手の感覚で精度を確認できる本物の職人への道を歩んでいた。

　少年時代、いじめを受けていた兄を救おうと、齢上の相手に向かっていってはぼこぼこにされる辻。それを見て、今度は弟を助けようと必死に立ち向かう太郎。母が幼い太郎の手を引いて、バスと電車を乗り継ぎ毎日二時間近くかけて聾唖学校に通っていたこと。それらのことを思い出すと、辻は母の涙の訴えを拒絶できなかった。入社の条件として、フライス盤と溶接機を買ってもらった。辻は、それをどう使うかしか考えていなかった。現場仕事は、子ども時代から手伝って知っている。

　入社して気づいたのは、ある製品を加工する際に、母が固くダイヤルを締める役割を担っていることだった。毎晩、母が腫れ上がった手を冷やしているのを見て、辻はテコの原理を応用した冶具をつくった。母の負担が軽減されたばかりか、一日がかりだった仕事が三時間で済むようになった。苦痛や苦労を取り除くこと。ムダな作業をやめること。思えば、ここから夢の工場への道は始まっていたのだ。

　辻が入社して六年が経った頃、礼儀も教養も知恵もなく、そのうえ眉毛もない十八歳の高校生がアルバイトとして顔を見せるようになっていた。その筋の業界からスカウトされたこともあるハイレベルなヤンキーの彼は、常にポケットに二枚の十円硬貨を忍ばせていた。時々それを取り出しては、硬貨の間に眉を挟んで抜いていたのだ。額の生え際にも同様の手順で剃り込みを入れていた。そのヤンキー高校生の名を清野という。


「――って、それが清野さんなんですか⁉」

　麻衣はつい、そう口にしていた。

　目の前にいる清野は、「はい」と照れ笑いを浮かべている。

「若気の至りというやつですね。もはや今となっては、十円硬貨で剃り込みを入れる必要もなくなりました」

　と前髪の後退した額を示す。

　理央と麻衣は顔を見交わし、目をぱちくりさせていた。

「辻鐵工所でアルバイトをしていたのは、遊ぶおカネが欲しかったのと、仕事の時間外に車を改造する場所と道具を借りられたからです。私、当時は高校にマイカーで通ってたんで。校門の前にあった駐車場を借りてね」

こりゃ、相当なものだったんだな、と麻衣は想像する。

彼が話を続けた。

清野は、高校卒業後は辻鐵工所に正式入社した。当時、辻一家のほかに従業員は五人。清野は、一家と従業員を合わせて十人目となる社員だった。そして、ヤンキーの彼は変わった。そうさせたのは、辻と一緒に現場で汗を流しながら語り合う夢である。「こんな油まみれになるんじゃなく、きれいな服装で働ける工場をつくろう」——それは彼らにとって、まさに夢の工場だった。

毎夕六時になると、辻一家と社員が揃って夕食を食べる。それが月末近くなると、社員だけが食事をし、時間をおいてあとから辻一家が夕飯ということが何度かあった。ある日、清野は偶然その食卓を目にしてしまう。

「社員のほうにだけ、いいものを食べさせていたんですよ」と清野が言う。「正直、胸にぐっときましたね。購入した機械の支払いなどで、台所事情が厳しかったんでしょう。それからは、社員みんなでスーパーに買い出しに行くようになりました。チラシに、〈ひと家族一個〉なんていう特売品があると、同じ作業着を着た連中が一個ずつ持ってレジに並ぶんです。しかも二回やるんですから、レジのおばちゃんに笑われました。けれど、そうした日々が、とてつもなく楽しかった」

そう述懐する清野の目が、遠くを見つめている。

話を聞いている理央も麻衣も、胸の内が温かくなった。

「どうやら話が脇道に逸れたようです」と清野が再び理央と麻衣に視線を向ける。「辻の持論は、〝仕事の楽しさは知的作業の中にある〟でした。〝楽しくなければ仕事ではない〟と」

辻は四十六歳で副社長に、兄の太郎は四十八歳で社長に就任した。毎年のように取引先から迫られるコストダウン要求に嫌気がさした辻は、量産から単品加工へと舵を切った。なによりファーストロットは、あれこれ工夫してつくるのが面白い。そう、仕事は楽しくなければならないというのが、辻の信条だ。ところが、リピートオーダーが入ると、辻にとって、それは面倒臭いものになるのだ。なぜなら、同じ仕事を繰り返すからだ。この面白くないことを取り除くため、加工作業をデータベース化し、コンピューターと機械のオンラインで対応。さらには、ファーストロットの加工までをもシナリオ化した。普通の鉄工所の場合、就業時間の八割が機械の前、二割がデスク仕事である。ところが辻は、この割合を逆にした。昼間は、デスクで人がプログラムをつくる。人が帰ったあとに、機械に働いてもらうのだ。

社内では作業員と呼ばなくなった。プログラマーと呼ぶ。彼らプログラマーが昼間つくったプログラムを、夕方の帰宅時、機械に入れてセットボタンを押す。すると夜間、無人の工場で機械が動き、朝には加工品ができている。

「辻は、新しい製造業の形を確立させたんです」

きっぱりと告げた清野が、次の瞬間には苦渋に満ちた表情を浮かべた。

「ところが、彼を思わぬ不幸が襲いました」

清野の口調に、理央も麻衣も固唾を呑んで話の先を待った。

兄弟が社長と副社長に就任して二年経った十二月のある日、辻が二階の事務所で給与計算をしていると、階下がなにやら騒がしい。工場に下りてゆくと、もうもうと煙が立ち込めていた。ストーブを倒したらしい。厄介なのは、有機溶剤に引火していることだった。

辻が消火器で消し止めるが、すぐまた爆発する。そんなことを何度か繰り返しているうちに、これでは埒が明かないと、辻は有機溶剤の入ったペール缶を外に出そうと取っ手をつかんで走り出した。しかし、自らが撒いた消火剤で足を滑らせ転倒し、中の液体を浴びてしまった。

次の瞬間、全身を紅蓮の炎が包んでいた。転げ回る辻を、社員らが上着で覆う。火が消えた時、彼がふと見やると脚からズボンがなくなっていた。手は透明の手袋をしているようで、指先からはなにかが垂れている。まぶたも垂れ下がっているようだった。それでも辻は消火活動を続けた。工場を守るために必死だった。やがて消防車が到着し、救急車に運び込まれると、辻は意識を失った。

「正直、会社が潰れるかと思いました。そして、辻にはとにかく生きていてくれと」

清野が静かに語り続けた。

火は消し止められたものの、工場も機械も仕事ができる状態ではない。指揮を執るはずの辻は病院で面会謝絶状態だった。

火事場泥棒に警戒するよう警察から忠告を受け、年末年始を暖の取れない焼け跡でダウンジャケットに顎を埋めながら過ごす清野には思うことがあった。窮地にある中で、無償で機械を貸してくれる人がいた。差し入れを持ってきてくれる人もいる。そうした人情が身に染みた、いや、身に刻まれるようだった。そして、周囲の人がそうしてくれるのも、会社が同じように真心を持って尽くしてきたからだ。人が生きていくとはこういうことか。俺も生きていくならこうしよう、と。そして、誓う。辻が不在の間、自分が率先して、社員を守る！と。そして、建物の修繕や保険の手続きなどに奔走した。この時、清野は三十八歳。

「一方、辻当人なのですが――」

入院してから一週間ほどは元気なものだった。全身を包帯でぐるぐる巻きにされていたが、それでも日一日と傷は治癒していくのだろうと考えていた。辻は、年明けには退院できるものと思い、医師にそう言うと、「なにもなければ」という応えが返ってきた。火傷で皮膚を失った辻の身体は、雑菌の温床と化していたのである。やがて合併症により内臓のあちこちに障害を併発。辻は、ぐずぐずになった身体のあちこちを切り開かれた。ついに危篤状態に陥り、ＩＣＵに運び込まれる。そこで彼は三度、不思議な光景を目にしている。漆黒の闇の中に真っ白な道が一本、延々とどこまでも続いている。彼はその道をとぼとぼ歩いていた。「そのまま行くのは、まずいんじゃないか」と自分が、自分の後姿に向かって声をかける。まったく同じ場面を二度見た。三度目はこうだ。人でも動物でもない、なにか影のような平面が自分に近づいてきた。そう、白い影だ。

「白い影ですか⁉」

麻衣は思わず声を上げてしまった。

「ええ」と清野が不思議そうに麻衣を見やる。「辻がそう話していましたが、なにか？」

隣にいる理央も、何事だろうという顔でこちらを眺めていた。

──「影がね、し・ろ・い・か……げ……」最期の時が近づいた曜子が、うわ言のように口にした言葉がそれだったのだ。

「辻は、白い影と取引を試みたそうです。生きるための取引です。白い影と相対した辻の頭には、〝十〟という数字が浮かんだそうです。しかし、〝十ヵ月〟では足りない。受け入れてくれるかどうかは分からないが、〝十年〟という数字を彼は提示しました。あと十年間生かしてほしいと望むのが、その場の交渉として厚かましいのは分かっていたそうです。しかし、どうしても彼には残り十年が必要だった。すると白い影は、すっと退いたそうです」

辻鐵工所は、兄のために両親がつくった会社だ。その両親も今はない。せめて兄には、六十歳まで社長を務めてもらおう。そのためには、副社長である自分の後ろ盾が必要だ。

だから、どうしてもあと十年生きたかった。

かろうじて命を取り留めた辻には、つらいリハビリの日々が待っていた。萎えた脚に鞭打って歩行訓練をし、焼けただれた両腕を氷水に浸しながら、彼の中では自分が行うべきことが決まっていた。辻鐵工所は兄のために両親がつくった会社である一方で、社員みんなのものでもある。今や五十名となった社員のために夢の工場をつくるのだ。そして鉄工所のステータスを上げる。社員が誇りに思えるような工場をつくろう。

退院した辻は、建設候補地を見つけると十分でそこに決定。値段も十分で決めた。そして二〇〇五年（平成十七）、相模湾を望む新社屋をオープンした。全面ガラス張り、地上三階建ての建物は工場というよりデザイン事務所のようである。新社屋落成に合わせＣＩ（コーポレイト・アイデンティティ）を導入し、オーシャンビューファクトリーに社名変更。ジーンズにＴシャツというカジュアルウエアの若者たちが集い、社内を闊歩している。彼ら社員の大半は、加工機ではなくＰＣに向かって作業していた。最上階には、さながらカフェラウンジのような社員食堂もある。

「それはまさに、〝こんな油まみれになるんじゃなく、きれいな服装で働ける工場をつくろう〟と辻と語り合った、夢の工場でした」

そこまで語ると、清野が静かな笑みを浮かべた。

「今年、太郎社長は六十歳になったのを機に勇退。辻も副社長を辞しました。辻は、私に社長を務めるよう言い置くと、さらにこんな指示をしました。〝自分が死んだら、社葬のような大袈裟(おおげさ)な真似は絶対によしてくれ。会社から見える海に散骨してほしい〟と。そして先日、辻は亡くなったのです」

曜子の口からもれ聞いた白い影にかかわることで、麻衣はなんとなく口を閉ざしてしまう。

すると、隣で理央が発言した。

「故人さまが交渉した、今年が十年目になるということですか?」

「はい、ちょうど十年です。家でひとりでいて、倒れました。まるでタイマーがオフになったように心臓が止まったんです」

三人で黙っていた。

しばらくして清野が言う。

「辻は独身でした。生涯を家業と、夢の工場の実現のために尽くしたんです。改めて、辻の散骨についてご依頼したいのですが」

「承知いたしました」

と麻衣が応じ、理央とともに一礼した。

顔を上げた麻衣に、清野が視線を向けて来る。

「大津さんとおっしゃいましたが、もしかしたら、こちらの——」

「はい、旧姓は浜尾で、石浜の娘です」

「やはり。そうなのではないかと感じました」

「はあ……」

麻衣の戸惑いをよそに、彼が話を続ける。

「うちの会社には社長室などありません。オフィスの席もフリーアドレス制で、すべての社員のスケジュールは社内ポータルで共有しています。私は本日の外出先を、〈腰越・石浜〉とだけしています。あるいは、新しい取引先だと勘違いした社員がいたかもしれません。すると、ひとりの社員が声をかけてきたのです。〝死んだ親父の墓石を買ったところです〟と」

それを聞いて、もしかしたら……と思う。

「辻鐵工所でアルバイトをしていた十八歳の私は、礼儀も教養も知恵もなかった。八年前、オーシャンビューファクトリーの面接にやってきた小西も、まさにそうでした。もとよりうちは、学歴など問いません。有名大学を出ている辻自身が、〝そんなもん、なんの役にも立たない〟と言ってました。小西を面接したのは、辻と私です。毎日同じことの繰り返しが嫌だと学校をやめた小西と、同じ仕事を繰り返すのは面白くないという辻は思考が似通っていたのかもしれません。それで採用すると、小西は面接の時には黒かった髪をいきなり金髪に染めて出社しましたよ。〝元の髪の色に戻しただけ〟と、開き直っていましたがね」

やはり彼だ。

「今や小西は、うちのエースプログラマーです。彼が言っていました。〝親父が死んだ時、四百万の墓石が本当に必要なのかっておふくろに食ってかかった。すると、墓石を売った石浜の娘もそう感じたようで、気にかけてくれてるようだった。霊園で会った時、そんな顔をしてたから〟とね。そんなあなただからこそ、辻のことも話してみる気になったのです。もうひとつ、小西はこうも言いました。〝やっぱりあの墓は、俺んちに必要なのが分かった。いつか立派な墓石に向かって、なにかいい報告ができるようにしたい〟と」

――ありがとう。

石浜の駐車場で、清野の車を見送った。そのあとで、理央が言う。

「不思議な話でしたね」

「白い影のこと？」

と返したら、彼女が頷いた。

麻衣は、曜子が病床で呟いていた言葉を伝える。

「ふたつの白い影は同じ存在なのでしょうか？　それって、つまり……」

〝死神〟と口にしようとしたのだと思う。しかし、はばかられて彼女は呑み込んだのだ。

「あたしたちは、きっと答えの見つからない話をしているんだと思う」と麻衣は言った。

「でも、説明のつかない出来事もあるよね」

麻衣は駐車場を見回す。そこには、ずっと以前からそうであるように、さまざまな石のモニュメントが置かれていた。地蔵や観音像、大きな鳥居もある。そして、展示場には四十基以上の墓石が並んでいるのだ。

隣で理央も、麻衣につられて周囲を眺め渡している。

「つくづく珍しい風景よね」と麻衣は呟いた。「この世とあの世をつなぐ風景」

「この世とあの世をつなぐ――確かに」

そう言う理央に向けて、麻衣は頷く。

「あたしは、ずっとこの風景の中で育ってきた。そしていつしか、〝いろんな葬るを石浜で行ってみせる〟って考えるようになったの」

辻の散骨式には、兄の太郎と清野だけが参列した。沖合からも見えるオーシャンビューファクトリーのガラス張りの社屋が、陽光にきらめいていた。

それから数日が経った昼下がり、夫婦揃っての休みで拓海と麻衣はスーパーのレジ袋を提げ近所を歩いている。麻衣も通った小学校にさしかかると、校庭を取り囲む桜が満開だった。ふたりとも、「ほう」とため息をついて立ち止まる。

フェンス越しに眺める桜の樹の幾本かに、プレートが付けられているのに気づいた。

〔新校舎建築工事に伴う移植が困難なため6月で伐採されます〕——見納めなので、満開の花をよく愛でてほしいということなのだろう。

毎年よい花を咲かせる桜の樹だった。風に乗り、花びらが石浜の駐車場まで舞い飛んでくることも……。惜しい、寂しい、という思いとともに、母のことを思った。明日は花見に行こう、そう予定した夜に曜子は救急車で搬送されたのだ。そして、二度と家に帰ることはなかった。

もっと生かしてほしいって、お母さんは交渉しなかったの？　それとも、あまりに治療がつらくて、そんな気になれなかった？　もう十年も前に佐和田が口にした言葉を思い出す。「しかし、その向こうに私の生きようとする意志があった。生きることは、執着ではなく意志なのだと」——お母さんは、もう生きることに執着も意志も見いだせなくなっていた、そういうこと？

麻衣は母を、辻を、そして今年のこの桜を見ることなく逝った見知らぬ多くの人たちを悼んだ。一樹君の樹木草のシンボルツリーも桜だった……。閉じたまぶたの端から涙がこぼれ落ちる。

「ごめん、なんか、あたし……」

不用意な涙は、あとからあとからあふれ出た。

「いいさ」拓海の声がする。「いいさ、いいさ」

誰よりも一緒にいてほしい人は、麻衣のそばでただ寄り添っていてくれた。

2

拓海と麻衣が結婚して二年目、もうひとり家族が増えた。ふたりは娘に、汐里と名づけた。

二〇二三年（令和五）、その汐里は小学三年生になった。新型コロナウイルス感染症対策の規制緩和が発表されてから二ヵ月が経っている。この五月には、感染症法上の位置づけが季節性インフルエンザと同じ5類に引き下げられた。

三年に及ぶコロナ禍は、小規模な家族葬と葬り方の多様化をさらに加速させた。石浜の海洋散骨事業部では船を一隻貸し切る形式から合同乗船散骨、代行委託散骨などを行っている。いずれのプランでも施主宛に、海域の緯度・経度を記載した散骨証明書を発行する。散骨の相談や依頼は年々増え続け、昨年度の施行件数は二百件を超えるまでになった。コーディネーターとして雇用した理央は、自ら志願して一級船舶免許を取得。すでに操船の経験を積んできており、今年に入って麻衣は新たにゆかりⅡ（ツー）の購入を決めた。スタッフも増員する予定である。

　五年前、麻衣は四十歳で石浜の経営を引き継いだ。同時に石材部門に若い男性ふたりが入社し、技術を継承すべく緒方から指導を受けている。ひとりは掃苔が趣味で、ミニ緒方である。身体はふたりともビッグで、石屋向きだが。会長に就任した隆一は七十三歳に、緒方は七十歳になったが、現場から退くつもりはないようだ。そのように石浜では、多様化する葬送の形に対応していく。

　コロナの影響で中止していた、お疲れさんの社内食事会も復活した。顔ぶれが増え、ずいぶんと賑やかになった。

　五月末のある日、四十五歳になった麻衣は、石浜の応接室で来客と向かい合っていた。

「設計事務所を主宰する傍ら大学で教鞭を執っている長谷川（はせがわ）といいます」

年齢は麻衣よりも六～七歳上、細身で五十歳代前半くらいだろうか。白いTシャツの上にネイビーのジャケットを羽織っている。オリーブグリーンのチノパンを穿いていた。メタルフレームの丸眼鏡を掛けている。

「長谷川先生がいらっしゃることは、施主さんから前もって伺っています」

その施主とは村井（むらい）という五十九歳の男性で、八十八歳で亡くなった母親の聖子（せいこ）の散骨を行った。

「僕は村井さんから依頼を受けて、家を建てることになったのです。設計にあたり、ぜひ大津社長の目から見た、村井さん像を伺いたいと考えました」

「あたしが感じた、施主の村井さんの姿という意味ですか？」

麻衣が問い返すと、長谷川が頷いた。

「建主（たてぬし）さんのことを、多角的に知りたいのです」

麻衣にとって施主である村井は、長谷川にとっては建主なのだ。

「その前に僕自身についてお話ししないといけないですね」と彼が言う。「僕は、これまで住宅を中心とした建築設計に二十五年間携わってきました。そのほとんどが、建坪十坪前後の小さな家です。いわば僕は、小さな家を専門に建てる建築家なんです」

長谷川が生まれた一九七一年（昭和四十六）は、マクドナルド日本1号店が銀座にオープンし、カップヌードルが発売された年である。世は大量消費へと向かっていた。

父はグラフィックデザイナー、母はイラストレーターという両親のもと、ひとりっ子で育った長谷川は、家の中で段ボールを使って小さな部屋をつくり、そこで過ごすことを好んだ。

建築学科の学生となった長谷川だったが、卒業時はバブル経済崩壊と重なり、求人が減少しつつあった。進路に不安を覚えた自分に、「おまえはうちに来るんだな」と非常勤の講師が声をかけてくれた。まあ、見込んでくれたのだろう。この際、独立を視野に入れ実地で学んでみるか。誘われるままに彼の設計事務所で修業させてもらった。コンクリート打ちっ放しの大型施設もつくったし、住宅もつくった。そうした中で、設計家としての自分の資質が一番活かせるのが小さな建築であるのに気がつく。思えば少年時代の自分は、段ボールで小さな部屋をつくっていた。

独立後、最初に手掛けたのが両親が住む家である。団塊の世代よりも少し上の両親が、六十代を前に家を建てることになった。友人にも会えるし、演劇や映画がすぐに観られる便利な都会暮らしを選んだ彼らは、池袋近くの住宅地に二十坪の土地を購入した。長谷川は、そこに建坪十坪、坂に面しているため半地下一階、地上二階の家を設計した。狭い土地を有効に使う。階段の踊り場に窓をつくり、小さな机と椅子を置くことで、ちょっとしたスペースにした。それはまさに、ちょっとしたとしか言いようのない空間である。たとえば、保険の外交員が来た時、もう一脚椅子を持ってきて、契約の確認をする。応接間とまではいかない——そう、立ち話ならぬ、座り話空間だ。長く自営業者である母に、長谷川は設計事務所の経理を頼んでいる。座り話空間で母が椅子に、自分は階段に腰を下ろし、「来月は、やり繰りがちょっと厳しいかも」といった会話を交わす。

両親のために設計したこの小さな家はコンテストで賞を受け、長谷川は気鋭の建築家として俄然注目を集めた。

「小さな家と聞くと、狭い・窮屈・暮らしにくそう、とマイナスイメージを持つ人がいるかもしれません」と長谷川が言う。「しかし今、新たな価値感とともに、〝大きな家は必要ない〟と考える人が増えつつあります。その価値観とは、〝ものをたくさん持たずに暮らす快適さ〟という発想です。つまり、住まいにも暮らしにも、〝量より質〟を求める生き方が尊重されてきているということです」

長谷川のこの思想は、大量消費社会へと向かう時代に生まれ育ち、バブル崩壊後に大学卒業時期を迎えて独立を決意した過程で培われたものかもしれない、と麻衣は考える。

彼が続けた。

「三十坪の土地に庭があって、門扉（もんぴ）があって、木造の家が建っているなんていうのは、もはや豪邸です。サザエさんの家も、のび太君の家も豪邸ですよ」

麻衣はくすりとしてしまう。

長谷川がはっとしたように、「いや、失礼しました。小さな家のことになると、つい夢中になってしまいます」そう言うと、頭を掻いた。

麻衣は少し不躾かもしれないが、興味のままに訊いてみる。

「小さな家となると制約も多いのでしょうね?」

「もちろん狭い土地は隣家と密接していたり、陽当たりが悪かったりと、設計には難条件だらけです。開放感が欲しい、書斎が欲しい、キッチンは広く……いろいろ希望があると思います。しかし、小さくても豊かで心地よい住まいをつくるためには、家全体を大きな空間として捉えることが重要です」

「家全体が大きな空間――」

「ええ、大きな空間で家族が一緒に暮らすという発想ですね。スペースも時間も家族で共有する場面が増えるわけです。つまり、おのずと家族が一緒に過ごす時間が長くなります。そうなると、お母さんが一階のキッチンから〝ごはんよ～〟と声をかけた時、子どもが二階の個室に閉じこもってゲームを続けている、という構図にはなりません。小さな家は引きこもる子どもをつくらない、いや、つくれないとも考えています。一方で、リビングやダイニングは大人の場所として使ってくださいと提案、というよりはお願いしています。小さいお子さんがいると、どうしても子どもが中心の家になってしまう。お子さんが壁になにか書いたりするのは、どうぞ見えないところに、と」

しかし……と麻衣は想像してしまうのだ。

「プライバシーを気にする年頃のお子さんがいたり、自宅で仕事をする方からは、子ども部屋や書斎のリクエストがあるのでは？」

娘の汐里の学習机は、応接間の隅に置いている。だが、間もなく自分だけの部屋を欲しがるはずだ。こうして自分が子どもを持ってみて、ふとした瞬間に感じる。ああいう形で一樹を失った久美子の悲嘆と制御できない憎悪を、今なら確かに理解できると。

「個室をつくる時は、できるだけコンパクトにまとめるようにしています。必要最小限のしつらえにしてコストを抑え、パブリックな空間を充実させるよう予算をまわすほうが賢明です。子ども部屋の場合、個室として使うのはせいぜい十年程度。広く居心地よくつくってしまうと、個室にこもりがちになる懸念もあります。小さく簡素にまとめ、子どもが巣立ったあとは書斎や趣味の部屋などに使いまわせるよう設計します」

「なるほど」

二階の納戸を、緒方に頼んで汐里の部屋に改装しようと考えているが参考にしよう。

「それと、居心地のよい場所（コージーコーナー）とまではいかずとも、一日の中でわずかな時間を過ごす場所――曖昧でほっとできるスペースを仕掛けることを、設計中よく考えます」

「ほっとできるは分かるのですが、曖昧というのは？」

「たとえば先ほどお話しした僕の両親の家でいえば、階段の踊り場につくった座り話空間なんかがそれにあたりますね。まず用途としては、階段の踊り場であるわけですよ。それに、座り話空間というちょっとした場所でもある。そんな曖昧なスペースだけれど、母はそこで手紙を書いたりと、一日のうちのわずかな時間を過ごすんです」

「へえ」

「キッチンにパントリーを設けたりもします。パントリーとは、食料品を貯蔵する小部屋ですが、主婦の書斎を兼ねることもできます。たった一畳で、出入り口に扉は付けなくても、つくり付けの机ひとつで、ひと休みしたり、物思いに耽（ふけ）ったりする空間になる。もちろん、誰が使ったっていい」

　そこで長谷川が、改めて麻衣に向き直った。

「聖子さんが生前に住んでいらした五十坪の土地を、息子の村井さんとお姉さんが相続しました。お姉さんは地方に自宅があって、相続した土地を売却予定です。村井さんは、自分が受け継いだ二十五坪の土地に家を建てることにして、僕がその設計を依頼されたわけです」

麻衣が、「村井さんは小さな家を建てるのですね」と言うと、長谷川がほほ笑んで頷く。

「スペースも時間も家族で共有する場面が多い小さな家は、子どもが幼いうちにライフスタイルを形成する必要があります。新しい暮らしを始めるタイミングを逃すと、ママ友とのコミュニティができていたりして根が生えてしまう。次のタイミングは子育てが終わる五十代後半になります。その間の人たちは、住んでいる地域にある建売を買う。小さい家の建主となる村井さんは定年を目前にした五十九歳で、まさに新しい暮らしを始めようとする次なるタイミングの中にいるわけです。ご夫婦と大学生の息子さんの三人で暮らす家は、村井さんにとって初めての持ち家になります。転勤族だった村井さんは、ずっと社宅住まいでした」

「先ほど長谷川先生は、あたしの目から見た村井さん像について話せとおっしゃいました。村井さんご自身とは、お話し合いをされているのですか?」

「もちろんです。家を建てるにあたっては、建主さんとさまざまな話をします。村井さんとも、たくさんの会話をする機会を持ちました。普段なにをしていますか? 家では、どういうふうに過ごされていますか? 本を読むのが好きですか? スポーツは好きですか? 実際にしますか? 観戦するのが好きですか? 会話を重ねる中で、村井さん自身が気がついていないことまで聞き出そうとします。なにがこの人に影響を与えているのか。村井さんご夫妻と美術館に出かけたりもしました。一緒に絵や彫刻を鑑賞し、趣味や嗜好を知ろうというわけです。そのうちに、いろんなことが分かってくる。美術館のあとに入った喫茶店で、注文するのはご夫妻のどちらか？　おカネを支払うのは？　それでふたりの関係性が分かります。誰が、家の中心にいるのかが」

戸惑ったような顔をしている麻衣に向けて、「なぜこうしたリサーチをするかというと、家には物語が必要だからです」と説く。

物語？　よけいに分からなくなった。

「もちろん、用途に合わせた家にすることは必須です。文京区小石川に建てた小住宅がそうですね。八千万円する十七坪の土地に、三千万円の上物――旧小石川区といえば生粋の山の手ですから。三十代の夫婦とひとり娘が暮らしています」

「三十代で、すごい！」

口をついて出る。

「お医者さんのご夫妻が建主さんなんです」

「ああ、それで」

「なぜ、そんな坪単価の高い立地を選んだかといえば、急患があると車で駆けつけなければならない。だから、病院の近くに居を構える必要があったんです」

「ガレージは？」

「一階に設けました。小型車がぎりぎり入る規模です」

なるほど、いろいろな家があるものだ。

「実際的な機能を満たす一方で、建主さんと話し合い、家に物語を吹き込みたいと考えたのです。小石川といえば、周辺に歴史的建造物が多く残っています。建主さんが医師なので、その縁でいえば小石川植物園内には旧東京医学校本館の赤い建物が保存されています。もう少し足を延ばせば、東京大学のキャンパス内には安田講堂をはじめとする校舎。お茶の水にはニコライ堂もあります。そこで小石川の家の内壁の漆喰には、細かく砕いたレンガを混ぜ込むことにしました。ただのレンガではありませんよ。なんだと思います？」

「さあ……」

想像もつかなかった。

「東京駅のレンガですよ。丸の内駅舎は重要文化財に指定されています。復原工事の際、不要になった赤レンガをもらい受けたんです。赤レンガが混ざった漆喰壁は、不思議なテクスチャーをもたらします。光を帯びると赤みが差したり、逆に凹凸の影が濃くなったり。それは、周囲の建築物と互いに呼び交わしているかのように」

「なるほど、それが物語なのですね」

長谷川が頷く。

「村井邸には、どのような物語を編み込むか――。そのための取材に、石浜さんをお訪ねした次第です。先ほど僕は、〝ぜひ大津社長の目から見た、村井さん像を伺いたい〟と申し上げました。しかし、これでは漠然としすぎてますね。では、こうしましょう。聖子さんの散骨にまつわるお話が聞けたら、と」

「あらかじめ村井さんからは、〝長谷川先生に協力してほしい〟と仰せつかっております。ですからお話ししますが、村井さんのお姉さんは家族葬に参列されましたが、地方にお住まいとあって実施が天候に左右される散骨式には参列されませんでした。当日、乗船されたのは村井さんご夫婦と大学生の息子さんです」

麻衣はこれまで、多くの葬送に立ち会ってきている。ある親族は「やっぱり散骨になんてするんじゃなかった！」と船上で言い争いになった。幾組かの施主がいる合同乗船散骨での出来事だったので、その場の空気が凍りついた。若くして亡くなった息子の散骨式では、よよと泣き崩れる母親の姿があった。母の死を受け入れることができないでいた若い娘が、粉骨するとそこに手を差し入れ、「真っ白」とささやくのを見たこともある。きっと母を送る心の準備が整ったということなのだろう。火葬した際、遺骨は副葬品同士の化学反応などで色がついている。粉骨することで、白さが際立つのだ。

ひとり暮らしの聖子は、最後までかくしゃくとしていた。体調の変化を感じた彼女はタクシーを呼び、かかりつけの病院に入院。翌朝、そのまま亡くなった。絶筆は、キッチンにあった［ミニトマト、春雨、しめじ、クラッカー］という買い物メモだった。

凛々しく人生を締め括った聖子の散骨式は、どこまでも静かで穏やかだった。海洋散骨も、生前の本人の希望による。二年前に亡くなった聖子の夫も、自宅のある葉山の海に散骨していた。

「聖子さんは、庭の松ぼっくりを棺に入れてほしいと生前おっしゃっていたそうです。葉山のお宅の庭に、大きな松の木があると」

長谷川がふと思い出したように、「そういえば松が二本ありますね」と視線が遥かを向く。「一本はお姉さんが所有する土地側にあって、切り倒すことになります」

聖子がひとり住まった家は、まだ残っているようだ。

「で、火葬の際には、松ぼっくりも納棺したのですか？」

と訊かれ、「ええ」と応える。

「なるほど、松ぼっくりか」

長谷川がひとり頷いていた。

ゆかりⅡはフライングブリッジのある、二十八フィートの船である。定員は十二名で、ゆかりよりも少し大きい。

「麻衣さん、やっぱり延期したほうがよくありませんか？」

理央が心配して言う。彼女がそんなふうに意見を述べるのは珍しいことだ。普段は、麻衣の決定に寡黙に従うのが理央である。

確かに九月のその朝の出航を、麻衣は少しだけ迷った。数日前に小笠原近海で発生した台風が発達しながら日本の南を西よりに進み、大型で非常に強い勢力で鹿児島市付近に上陸。九州を縦断した。その後、台風は東よりに向きを変え、日本海沿岸を進みながら新潟市付近に再上陸したのち東北地方を横断。日本の東で温帯低気圧に変わった。関東には上陸しなかったものの、遠くに去った台風の影響がまだ残っている海だった。

石浜では、江の島、葉山、平塚の三ヵ所を乗船場所にしている。平塚で乗船を希望している施主には、秋の長雨の影響で何度もスケジュール変更してもらっていた。だから、多少の迷いはあったものの、麻衣はやはり出航を決意した。

キャビンの上に設けられたフライングブリッジでハンドルを握る。いつもなら快く感じられる潮風が、へんにべたついていた。

平塚を目指し、江の島の湘南港を出港する。海洋散骨事業部は、ふたりのスタッフを増員していた。今日は、ベテランの理央が同乗している。先ほど「延期したほうが」と提案した彼女は、階下のキャビン内を整えていた。

境川河口と海の接点——海の水と川の水がぶつかる辺りで、向かい波が崩れるところがある。沖合は静かなものだった。だが、この接合部にだけ波がいくつもやってきていた。白波を立てて、小さい波が連続してやってくる。そのあとで大きな波がきて、それを乗り越えてほっとした時だった。さらに大きな波が迫ってきていた。

「！」

ゆかりⅡが激しくあおられる。なにが起こったのか理解できないでいた。ざぶんと大きな音が耳もとでしてから、無音の世界に深く沈んでいく。フライングブリッジにいた麻衣は、海に放り出されてしまったのだ。すぐさま、手足を動かし上を目指す。海面に顔を出すと、ゆかりⅡはなんとか浮かんでいた。キャビンにいた理央は無事だったらしく、デッキから焦った表情でこちらを見ている。

施主を乗せていなくてよかった。最初に自分の頭をよぎったのはそれだった。

麻衣は大声で、「戻して！　IIを港に戻して！」腕を伸ばし手振りで伝えた。

理央がやはり大きな声で、「了解です！」と返してくる。

麻衣のライフジャケットが、水を感知して膨張していた。

理央が操船するゆかりIIが、帰港していく。船が動いてくれていることに、ほっとする。

しばらく放心して、海に浮かんでいた。水はまだ、それほど冷たくない。

なにをやっているんだろう、と思う。理央から進言されたのに、船を出すことを決めたのは自分だ。

誰かが一一八番に電話してくれたらしく、やってきた海上保安庁のヘリコプターが上空でホバリングしていた。沖のほうから、釣り船がこちらに向かってくる。きっと拓海だろう。麻衣を助けにきたのだ。


キャビンにいた理央の感覚では、ゆかりIIはごろんごろんごろんと三回転したという。

しかし船が沈没していないし、人も死んでいない。今回の件は海難事故の扱いにはならなかった。ゆかりIIはドックに入っている。拓海に、「なぜ船を出したんだ？」と訊かれた。

麻衣が、「施主さんのことを考えて」と応えると、「ならば、なおさら船を出すべきじゃなかった」と言われてしまった。もちろん、麻衣の心に反省の思いが深く刻まれたのは言うまでもない。

それから間もなくして起こった不思議な出来事を、どう説明したらいいだろう。麻衣は船のもやいを解く際、腰を奇妙な方向にひねってぎっくり腰になった。放っておいたらこじらせて左脚が痛くなり、歩くのも難儀になってしまった。仕方なく整形外科を受診したところ、MRI検査を受けろと言われ、大きな病院を紹介された。検査の結果が出るまで、なんの処置もしてもらえず、足は痛いままである。

MRI検査の結果が出ると、また整形外科を訪ねた。診断は椎間板（ついかんばん）ヘルニアであることが判明した。腰の骨同士をつなぐ椎間板が破れ、その中身が飛び出し、坐骨神経を圧迫しているという。それが左脚の痛みの要因だ。治療法は三つあると言われる。「ひとつは手術。もうひとつはリハビリ。そして、もうひとつは自然に治る」のだそう。コワいので、麻衣の中に手術という選択肢はなかった。リハビリは順番待ちだという。結局自分が選んだのは、リハビリの順番待ちをしながら自然快癒を期待するという消極的なものである。痛み止めを処方してもらうが、あまり効き目はない。左脚の痛みは一向に消える気配がなかった。

左脚を引きずるようにして行った美容室で馴染みのスタイリストとおしゃべりしていて、大磯（おおいそ）にいい治療院があると教えてもらった。腰痛は、美容師にとって職業病である。その治療院は、彼らの業界では有名だそうだ。「保険がきかなくて、一回の治療費が五千円です。でも、たいてい一回きりで治るそうですよ」と茶髪ロン毛のスタイリスト君が言う。

「今のところ僕はお世話にならずに済んでますけど」

麻衣としては藁にもすがる思いであった。江ノ電とＪＲを乗り継いで大磯へと向かう。スタイリスト君に聞いたとおりで、駅前から乗ったタクシーで、「こおろぎ庵までお願いします」と、治療院の名前を伝えたらすぐに通じた。ハンドルを握りながら運転手さんが言って寄越す。「腰が痛くて歩けなかったお客さんを乗せていって、帰りの迎車ではしゃきっとしてたんで驚きましたよ。もう日本全国から患者さんがやってきますね」

いまだ半信半疑の麻衣だったが、予約時間前に到着した待合室にいると、受付に引っ切りなしに電話がかかってきていた。受付の女性が、「岡山からいらっしゃるんですね？」とか「仙台からですか？」と確認する声を聞いて驚く。

いよいよ順番になって治療室に入った。五十代らしい年齢のわりに黒々とした髪をかっちりと七三分けにし、黒縁眼鏡をかけた白衣姿の男性が、「院長の興梠です」と名乗る。そして、「うつぶせに寝てください」と診察台を示した。麻衣が言われるままにすると、施術が始まる。最初はなにをされているのか分からなかった。だが施術室の壁には大きな鏡があって、それで興梠が行っていることを目の当たりにした。彼は木製の長い柄を両手で握り、麻衣の背中や腰にシャツの上からゴム製の大きな吸盤を押し当てているのだ。まるで毒素を吸引するかのように、ぱっこんぱっこんと吸盤を押しつける。二十分ほどの間、それを繰り返していただろうか。やがて、「終わりました」と告げると、その動作を取りやめた。

麻衣は半信半疑を通り越し、もはや深い不信感を抱いていた。それでも、「起き上がって、立ってみてください」と言われ、怖々そうする。なんと、左脚から痛みが消えているではないか！

それまで無表情だった興梠が、麻衣の驚いた表情を眺めにっこりする。

「ほかになにか気になるところはありますか？」

「あの、腰以外も診てくれるんですか？」

興梠が笑みをたたえたまま、「もちろんです」と応えた。「腰痛のお悩みでいらっしゃる患者さまが多いのですが、専門ではございません」

「あの、左膝にずっと違和感があるのです」

幼かった汐里を抱っこしていた時から、膝になにかが引っ掛かっているような感覚がずっと残っている。

興梠が頷くと、診察台に腰を下ろすように指示される、彼が、座っている麻衣の左膝の前に右手を持ってくると親指と人差し指でなにかを捻るような仕草をした。膝には直接触れていない。

「立ってみてください」

「あれ？」

「いかがでしょう？」

「消えてます！　なんの違和感もありません！」

興奮している麻衣に、興梠が再び笑みを浮かべた。……と思ったら、すぐにそれが消える。その視線は、麻衣の左の肩口あたりに向けられていた。彼が、なにか声に出さずに呟いている。笑顔も交えてふた言三言、誰かと語らっているふうだった。彼が穏やかに何度か頷いている。やがて、麻衣の顔を見つめた。

「先ほど、あなたの左膝に施したのは気功療法です。わたくしが気功を研究するようになってからなのですが、自分の脳みその使っていなかった筋肉を使うようになったとでも申しますか、それまで聞こえていなかった声や音が耳に入ってくるようになったのです。それを妻に伝えたところ、取り合ってはもらえませんでした。当院にいらっしゃる患者さまにも、こうした話題は持ち出しません。誤解や不安を与えかねませんので。しかし……」

彼が押し黙る。そして、再び口を開いた。

「……しかし、大事なことなので、お伝えしたいと思います。大津さんは、大腸の検査をお受けになられたほうがいいです」

「え……?」

突然の提案に戸惑ってしまう。

「なにか自覚症状のようなものはありますか?」

「いいえ、まったく」

「そうですか。しかし、あなたの後ろにいる方が、〝これに検査を受けるように伝えてください〟とわたくしに盛んにおっしゃるのです」

麻衣はすぐに振り返った。だが、そこには誰もいない。

「心配なさらなくていいです。大津さんのお味方のようですよ。もしかしたら、お身内かもしれません」

母かもしれない、と麻衣は思う。亡くなった曜子が、自分を案じてくれているのでは、と。

「どんな姿をしているのですか? 五十代半ばの女性ではないですか?」

曜子は五十四歳で亡くなった。

「申し訳ありませんが、姿までは見えません。男性なのか、女性なのかも分かりません。ただ北関東の訛りのある話し方で、熱心に繰り返し訴えていらっしゃいます。ですから、必ず検査を受けてください」

そこまで言われた以上、麻衣は大腸の内視鏡検査を受けることにした。するとポリープがふたつ見つかり、ひとつは出血していた。生体組織診断によると、悪性腫瘍に変化する一歩手前だったそうだ。

麻衣は興梠に電話し、そのことを伝えた。

「北関東の訛りの方は、まだ大津さんにしてもらいたいことがあるのでしょう」と彼が感想を述べた。「あなたが当院にいらしたのは、実は腰痛治療のためではなかった。検査を受けるように、わたくしに勧めさせるためだったと言ったら、うがった見方になるのでしようか」

4

「お母さんは東京の出身だよね」

麻衣の質問に対して隆一は、「そうだ」と素っ気ないばかりの返事をする。

しかしまあ、今さら確認するまでもなく、曜子の言葉に訛りがないのは承知していた。

石浜の事務所にいるのは、隆一、緒方、麻衣の三人である。理央とほかのスタッフふたりは外出していた。あまり多くの人の前で話す内容ではない気がした。

事務所には、六つのデスクが向かい合わせに三つずつ二列で並んでいる。奥のふたつが隆一と麻衣の席で、今は向き合って座っている。隆一の隣が緒方の席で、彼が目を閉じ腕を組んで腰かけていた。

「おじいちゃんは東北出身だって」

隆一は、今度は頷いただけだった。

だったら可能性があるか。興梠は〝北関東の訛りのある話し方〟と言っていたわけだが。

あ、でも……。

「おじいちゃんて、まだ生きてるんだっけ？」

「九十八歳で健在だ」

じゃ、生き霊ってこと？　でも、生き霊っていったら生きている人の怨霊で、恨みのある相手に取り憑いて祟るんでしょ。だったら、あたしを助けたりしないか……。

大磯の治療院で助言されたことと大腸の検査結果については、隆一と拓海、緒方には伝えた。だが、みんなどう反応してよいか困っているみたいだった。それは麻衣も一緒で、以後、話題にしていない。それでも、やはり気になった。

「おばあちゃんは石浜の娘なわけだから、ここ腰越の出身だよね」

石浜のひとり娘だった清子に、栄三という婿養子をとった。それが、麻衣の祖父母である。

「いや、おばあちゃんは東京の出身だ」

「え、どういうこと？」

「おばあちゃんも養女だったからだ」

「そんなの知らなかった」

「言っていなかったか。まあ、特にわざわざ話題に上らせるようなことでもないしな」

まあ、そうだ。

「子どものいなかったおまえのひいおじいちゃんとひいおばあちゃんが、清子おばあちゃんを養女にした。それで、ゆくゆくは腕のいい石工を婿にとろうと考えたわけだ」

「で、栄三おじいちゃんが選ばれた」

隆一が首を縦に振る。

「石浜で働いていた栄三おじいちゃんは、腕を見込まれて清子おばあちゃんと結婚した。

息子である俺が生まれたが、栄三おじいちゃんはどうしても婿養子という立場に甘んじられなかった。それで清子おばあちゃんと離婚し、帰郷して石屋を開いたんだ」

「離婚の痛手から、清子おばあちゃんは若くして亡くなったんだよね？」

そのことは麻衣も知っている。そして改めて思った。養女だった清子おばあちゃんは、自分の家族を築きたかったのだ。しかしかなわずに、すっかり気落ちしてしまったのだろうと。一方で、こんなことにも思い至る。実は、大津家の次男の拓海が浜尾の家に婿入りしてはという話があったのだ。だが隆一は、「それは絶対にいかん」と反対した。きっと自分の両親の件が頭にあったからだろう。そして、もうひとつの理由は——。

「俺は、おまえのひいおじいちゃんと、ひいおばあちゃんに育てられた」

父の言葉に、麻衣の思考が遮られる。

「血のつながっていないふたりに、俺ができる恩返しといえば石浜を継ぐことだけだった。ひいおじいちゃんが創業した石浜を守るのが、俺の宿命だったんだ」

それが石屋としての父の、武骨なまでの実直さをつくったのだと麻衣は理解する。

「ひいおじいちゃんは覚えていないけど、ひいおばあちゃんの顔は覚えてるんだ」

すると、隆一が不思議そうな顔をする。

黙って話を聞いていた緒方も、閉じていたまぶたを開いた。そして、「〝覚えてる〟って、麻衣……」と、やはり不思議そうにしている。

「四歳くらいの時だったかな、わりとはっきりした記憶なんだ。あの頃、あたしたちは近所のアパートで暮らしてて、お父さんがまだ木造の二階屋だった石浜に通ってた。一階は事務所と工房で、二階が住居だった。たぶんあたしはその日、お父さんにくっついて石浜に行ったんだと思う。明るい午前、あたしが二階に上がっていったら、着物姿のひいおばあちゃんが座敷にひとりで座っていて、こっちを振り返って笑いかけたの」

隆一が黙り込んでしまった。

「どうしたの？」

「ひいおばあちゃんの節さんは、おまえが生まれる前の月に亡くなった。葬式の時、曜子のお腹が大きかったからな」

そして緒方に顔を向けて、「なあ」と言う。

当時から石浜にいる緒方が無言で頷いた。

「じゃあ、あたしが見たのは……」

あれはなんだったんだろう？

「節さんて、うりざね顔できりっとしていた？」

と訊いてみる。

「いつも和服を着ていて、姿のいい人だった」

麻衣は息を呑む。けれど、怖くも、嫌な感じもしない。むしろ、温かく包まれるような気持ちが湧いてくる。

「節さんの出身地は？」

「茨城県の守谷だ」

北関東の訛り――。

そこで緒方が口を開く。

「節さんは、ひ孫の麻衣が病気になる一歩手前で助かるように信号を送ってきたんだろう。この前のゆかりIIの事故も、いろいろなことに無理をするなという節さんのメッセージに違いない」

「警告のために船をひっくり返すなんて、身内の霊がやることかな？」

「だからこそ、無傷で済んだんじゃないか」そして緒方がさらに続けた。「だいたい、おまえは施主さんのために船を出したというが、船を出さない勇気のほうが施主さんのために必要だったんじゃないのか？」

「拓海からも同じこと言われた」

と返したら、緒方が頷いた。

「そうだろうよ。拓海さんは船乗りだからよく分かってる」

麻衣には言葉がない。

「真に施主さんの側に立つということを、今一度考え直せという節さんのお達しなのかもな」

と、さらにそこにこだわったあとで、緒方がふともらす。

「この間、近所で一杯飲って夜道を歩いてたら、林のほうから珍しく梟の声が聞こえた。梟には、俺たちに見えないものが見えてるのかもしれん。いや待てよ、このあたりに梟なんているはずがない。やっぱり空耳だったか……」

腰越海岸に拓海と麻衣は並んで立っていた。自分たちの視線の先には汐里がいて、波が押してくると浜に駆け戻り、引くと波打ち際まで追うように駆けていくのを飽かず繰り返している。陽が傾きかかっていて、オレンジ色の空を背景に富士も江の島もシルエットになっていた。

「お父さんから節さんの写真を見せてもらったら、記憶の中のひいおばあちゃんの顔と一緒だった」

「おまえが節さんの写真を以前にも見ていて、子どもの頃の記憶をつくったとは考えられねえか？　自分がつくった場面を記憶と勘違いしていたとは？」

「否定はできない」

　と麻衣は返す。

　夕陽の光跡が海上できらめいていて、それが波で揺れている。

　隣で拓海がにやりとする。

「節さんは、まだまだおまえに石浜を盛り立ててほしいんだろう」

「ガタさんは、〝真に施主さんの側に立つということを、今一度考え直せという節さんのお達しなのかもな〟って」

　しばらくふたりで黙ったまま汐里を見つめていた。汐里は、緒方を「ガタジイ」と呼ぶ。大勢の大人に囲まれ、どんな子に育つだろう？

「おまえ自身は、今度のことをどう考えてる？」

「あたしが考えてたのは、つながってるかもってことだった」

「どういう意味だ？」

「死んだら無になるっていうのが、これまでのあたしの考えだったの。そう、大腸の内視鏡検査の時、麻酔を使ったんだけど、シャッターが下りたみたいに意識が途絶えた。ちょうど、あんな感じじゃないかって」

麻衣は夕映えの空を見上げる。

「でもね、今は死んでも無にはならないんじゃないかって。どこかでこの世とつながってる気がしてる」

拓海は、やはり黙ったままで静かに頷いた。

「いずれにしても未知の世界の話なのよ。あたしたちは最期にそこに旅立つの」

拓海がもう一度頷くと、「帰ってメシにすっか」と言う。

「汐里ちゃん、帰るよー！」

麻衣が呼ぶと、娘がこちらに向かって駆けてきた。

好きな人がますます愛しく感じられる時間。こんな毎日が長く続きますように。そして、少しずつ自分の葬り方を考えなければ。

5

翌年、二〇二四年（令和六）三月。麻衣は長谷川の口利きで、新築された村井邸を訪問するため昼下がりの葉山に来ていた。

「やあ石浜さん、母の散骨の際には大変お世話になりました」

玄関ドアを開き、キャメルのカーディガン姿の村井が出迎えてくれる。商社を定年退職した村井は、現在は子会社に週に三日顧問として出社しているそうだ。

靴を脱いで中に入り、ごく短い廊下を見回す。床は無垢フローリング、壁と天井は漆喰塗りというシンプルなつくりだ。そんな中で目についたのは、赤茶色の窓枠だった。

「これ、聖子さんが住んでいらした家の窓枠なんですよ。二重窓の内窓に再利用したんです」

そう説明したのは長谷川である。

今度は村井が、「初めてこの家に入った時、息子が、〝おばあちゃんの家だ〟と言っていましたよ」と笑う。

ドアの向こうはリビングで、硬材の家具はいずれも趣味がいい。壁に大きな油絵が掛けられていた。森と丘陵の牧歌的な風景だが、空の色や光の具合でひと目で外国であるのが分かる。

「母が描いたものです。私が小三までの四年間、一家でイギリスで暮らしていました。銀行員だった父の赴任先についていったのです。この絵は、ロンドンから電車で一時間ほどのサリー州の風景です。一家で住んでいた町なんです。当時は日本人学校もなく、私は現地の学校に通っていました」

再び長谷川が解説を始める。

「聖子さんの家を見て、窓枠とこの絵を新しい家に残したいと提案しました。そして、このピアノも」

リビングの片隅に年代物のピアノがあった。ボルドーカラーのアップライトだ。村井が蓋を押し上げると、鈍い光沢を放つ鍵盤が現れた。

「象牙製なんですよ」と彼が言う。「ハロッズで購入したんです。当時、結構な金額だったと思います。日本に送る船代も相当だったでしょう」

「僕がピアノのリペアをしたいと提案したんです。夫の母親のものなど残したくないと嫌がる奥さんもいるので、表情を確認しながら進めました」

長谷川がそう話すと、向こうで村井と同年代の妻が笑っていた。

村井自身も、「私のイメージから一番遠い家になった」ともらす。しかし、この家に満足しているのは明らかだ。

長谷川が麻衣に顔を向ける。

「村井さんは幼少の頃、両親の赴任先のイギリスで過ごした。すでに五十年以上前のことですが、その頃の記憶を強く留めていると感じました。村井さん自身についても、建て替え前の家についても。人はほぼ十歳までにつくられるのかもしれない」

「長谷川先生が、幼い頃に段ボールで小さな部屋をつくって過ごしていたように、ですか」

そう麻衣が言ったら、建築家は苦笑していた。

「ここが大津社長から伺った話をヒントに設けた、村井邸における一日の中でわずかな時間を過ごす場所——曖昧でほっとできるスペースです」

そこは、出窓だった。松ぼっくりがひとつ、ボーンチャイナの小皿の上に飾られている。そして窓の向こうには、一本の松の木があった。

「いやあ、この松を残すんで、間取りに苦労しました」

長谷川が頭を掻く。

村井が出窓の松ぼっくりを指し示した。

「地鎮祭当日に、なぜか土地の真ん中にそれがひとつ落ちていたんです。〝おばあちゃんが来たのよ〟と妻が言っていました」

村井が妻のほうを見やると、彼女がこくりと頷いた。

出窓の前には、揺り椅子がひとつ置かれている。松の木越しに射す光が、そこに降りそそいでいた。

「イギリスで、ピアノを習いました」と村井が口もとをほころばせる。「私が『かっこうワルツ』を弾いている横で、母が笑うんです。〝いつも同じところで間違えるのね〟と」

散骨の際、村井一家は遺骨と一緒に松ぼっくりをひとつずつ海に流し、お別れしていた。

長谷川が言う。

「家を訪れた人は、窓枠や絵を見て、自然と故人の話になるそうですよ」

こうした葬り方もあるのだ。

エピローグ

「行ってまいります！」

「行ってらっしゃい！」

理央たち海洋散骨事業部のスタッフを送り出すと、麻衣は事務所のデスクに着いた。緒方ら石材事業部の三人は、工房で作業している。向かいの席で隆一は、パソコンのキーボードを指一本でぺちぺち叩いていた。見慣れた風景だが、毎朝つい笑みが浮かんでしまう。海洋散骨事業部のチーフを理央に任せることにした。あの日、「やっぱり延期したほうがよくありませんか？」と判断した理央にこそ、ふさわしい任だと判断したのだ。

麻衣は、石浜に新たな事業部を立ち上げた。

コロナ禍においては、人が集まることができなかった。コロナに罹患し亡くなった人については葬儀はおろか、骨を拾うこともできないし、顔も見られない。遺体は病院から火葬場に直行し、遺骨だけが家に戻ってくるような事態さえあった。

感染拡大防止のため、看取りはもちろん、満足に弔うことさえできなかった。だが、混乱が収まると、葬式のやり直しや、一周忌の法事をこれまで以上にしっかり執り行いたいとする遺族が増えてきた。そうした人たちのためにお別れの会をプロデュースするのが、石浜のメモリアル事業部である。それが今、自分の考える〝施主の側に立つ〟だった。そんな麻衣に対して緒方が、「おまえはこれからも石屋の範疇を超えて、さまざまな葬るを実践していくんだな」と言ってくれた。

「麻衣、俺が死んだら散骨してくれ。浜尾の墓は、墓じまいする」

向かいにいる隆一が、そんなことを切りだす。

麻衣は、真っすぐに父を見つめ返した。そして、その瞳の真意を探る。あの時、病床にいる母の目を覗き込んだように。

「前々から考えていたことなんだ」

拓海が婿養子になるのを父が反対したもうひとつの理由――それは、浜尾の墓から娘夫婦を解き放つためだったのだ。

「分かった」と麻衣は応える。「でも気が変わったら、また教えてね」とも。

なぜか麻衣は、昔のことを思い出していた。自分は学齢前で、隆一に抱っこされて海の中で一緒に遊んでいる。腰越の海水浴場だ。隆一も若い。まだ三十代前半である。もとより隆一はイケメンではない。それでも、顔にしわがなく、肌に艶がある。目も口も、顔全体が吊り上がっている感じだ。ふたりで海を漂いながら、隆一は、「ぷかぷかぷっぷっぷ〜」とのんびり歌っている。そして波が来ると、麻衣を高い高いするように持ち上げた。あの時、自分は波の上に顔を出し、なにを見ていたろう？　ただ自分が、「きゃっきゃっ」と笑っていたのは覚えている。なにがそんなにおかしく、嬉しかったのだろう？　隆一の髪はまだ黒く密集していて、それが濡れて頭に張りつくのがおかしかったのかもしれない。それとも、両脇に差し入れられた手の感触がくすぐったかったか……。いや、違う。普段は仏頂面の父が、身を挺して波から自分を守ってくれることに、絶対的な安心感を覚えていたからだ。このことは、父と麻衣ふたりだけが知っている出来事で、曜子は知らない。そして父はこの時、二十五年余りのちに自分の妻を失うのを知らないでいた。

あたしは、あたしをどう葬るのだろう……。

麻衣は考える。人は最期に未知の世界へと旅立つ。そして葬る形は違っても、その旅立ちを誰かが見送る——それが葬送の本質なのだと。

あとがき

湘南に住まいのある妻の父を昨年、散骨で見送りました。晴れた空の下、海で行った葬送に参列した経験が、この小説を書く動機になりました。

手始めに、散骨式をお願いした株式会社縁（えにし）の小西正道代表取締役にお話を伺いました。それから『お墓に入りたくない！　散骨という選択』の著者・村田ますみさんが取締役会長をされている株式会社ハウスボートクラブに取材に伺いました。村田会長ご自身がお母さまの散骨をされたお話は、この小説の重要なモチーフにさせていただきました。

第一章については、『エッセイ集 記憶の旅路―電気通信技術者世界を行く―』の著者・波多野謙一さんに、第三章については、『雄雄しく大く』の著者・布川美佐子さんに、それぞれ参考になる貴重な体験談を伺いました。また、執筆にあたり、多くのプロフェッショナルのお力を拝借しました。深く感謝しています。作中で事実と異なる部分があるのは、意図したものも意図していなかったものも、すべて作者の責任です。

株式会社ハウスボートクラブ・赤羽真聡代表取締役社長
株式会社ハウスボートクラブＳｔｏｒｙ事業部・畑山花朱美プロデューサー
有限会社金井石材店・金井剛代表取締役
株式会社ＮＣネットワーク・内原康雄代表取締役社長
株式会社浜野製作所・宮地史也取締役副社長
太平観光株式会社・北垣繁代表取締役
太平観光株式会社法人営業部・坪崎信美チーフリーダー
太平観光株式会社主催旅行造成販売係・北田達章リーダー
杜の都なつみクリニック・箱崎菜摘美院長
杜の都なつみクリニック・中村望先生
杜の都なつみクリニック・平山美奈子統括
杜の都なつみクリニック・庄司佳織婦長
ＨＩＬＬＴＯＰ株式会社・山本昌作相談役
ＨＩＬＬＴＯＰ株式会社・靜本雅大東京オフィス支社長
日本大学芸術学部デザイン学科・若原一貴教授

（社名は取材順、肩書はすべて取材当時です）

主要参考文献

村田ますみ著『お墓に入りたくない！　散骨という選択』朝日新聞出版
村田ますみ編『海へ還る　海洋散骨の手引き』啓文社書房
小西正道著『墓じまい！　親族ともめない、お寺に搾取されない、穏やかで新しい供養のカタチ』ブックマン社
碑文谷創著『新・お葬式の作法　遺族になるということ』平凡社
碑文谷創監修『生前から考え、準備しておく自分らしい葬儀』小学館
『新しい葬儀の本　別冊宝島2284号』宝島社
ひろさちや著『お墓、葬式、戒名は本当に必要か』青春出版社
瀧野隆浩著、長江曜子監修・協力『これからの「葬儀」の話をしよう』毎日新聞出版
主婦の友社編『どうする？　親のお墓　自分のお墓』主婦の友社
島田裕巳監修『自然葬のススメ　あなたにもできる海洋散骨、0葬、宇宙葬、樹木葬』徳間書店
島田裕巳監修、Ｇｒｏｕｐ21編『お墓なんていらない⁉　自分で決める！葬送ガイド』日東書院

ＮＰＯ法人ら・し・さ監修『これから「お墓」どうしよう⁉　実家の墓、自分のお墓
オレンジページＯＴＯＮＡ　生活科　暮らし講座①』オレンジページ
二村祐輔著『家族のための現代葬儀大辞典』日東書院
椭島次郎著『これからの死に方　葬送はどこまで自由か』平凡社
神舘和典『墓と葬式の見積りをとってみた』新潮社
岸田緑渓著『白骨に学ぶ―人道の苦・不浄・無常相―』湘南社
産経新聞社編『ＮＩＫＫＯ　ＭＯＯＫ　終活読本　ソナエｖｏｌ．８　２０１５年春号』産経新聞出版
徳留佳之著『お墓に入りたくない人　入れない人のために　散骨・樹木葬・手元供養ほか「お墓」以外の全ガイド』はまの出版
波多野謙一著『エッセイ集　記憶の旅路―電気通信技術者世界を行く―』郵研社
布川美佐子著『雄雄しく大く』文芸社
山本昌作著『ディズニー、ＮＡＳＡが認めた　遊ぶ鉄工所』ダイヤモンド社
太宰治著『花吹雪』新潮文庫『津軽通信』所収
関川夏央著『子規、最後の八年』講談社
若原一貴著『小さな家を建てる。豊かな住まいをつくる60のヒント』エクスナレッジ

『東京人 一九九四年十月号No.85 特集・墓地を歩く楽しみ。東京掃苔録』都市出版
『東京人 二〇一四年三月号No.337 特集・墓地で紡ぐ14の物語』都市出版
『定年前から始める男の自由時間 ボート暮らしを始めたい!―海の上に自分の部屋を持つ―』技術評論社
『井波律子[季節めぐって]陽から陰へ境目の八月』二〇一〇年八月二日付読売新聞夕刊
『[五郎ワールド]永遠の「哲学の巫女」特別編集委員橋本五郎』二〇一四年二月八日付読売新聞
『[あすへの考]【寺院再生】コロナ禍 萎縮した仏教界…京都・正覚寺住職、ジャーナリスト 鵜飼秀徳氏 48』二〇二二年八月七日付読売新聞

この作品は光文社文庫のために書下ろされました。

光文社文庫

文庫書下ろし

葬(ほうむ)る

著者 上野(うえの) 歩(あゆむ)

2023年9月20日 初版1刷発行

発行者 三宅貴久
印刷 萩原印刷
製本 ナショナル製本

発行所 株式会社 光文社
〒112-8011 東京都文京区音羽1-16-6
電話 (03)5395-8147 編集部
8116 書籍販売部
8125 業務部

ISBN978-4-334-10037-7 Printed in Japan

組版 萩原印刷